The
NOTEBOOK
노트북

THE NOTEBOOK

The
NOTEBOOK

노트북

니컬러스 스파크스 장편소설 · 박설영 옮김

Nicholas Sparks

일러두기

1. 외래어는 국립국어원의 외래어 표기법을 따랐으나 필요한 경우 관용에 따라 표기했습니다.

2. 본문 속 각주는 모두 옮긴이 주입니다.

3. 본문 속 볼드체는 원서에서 다른 서체로 강조한 부분입니다.

아내이자 친구인 캐시에게 사랑을 담아 바친다.

차례

기적

나는 누구인가? 그리고 이 이야기는 어떻게 끝나게 될까?

해가 떴지만 생명의 숨결은 온데간데없이 안개만 자욱한 창가에 나는 앉아 있다. 오늘 아침 나는 볼썽사납다. 셔츠를 두 개나 입고 그 위에 30년 전 생일에 딸이 떠준 두꺼운 스웨터를 걸친 뒤 목에는 목도리를 두 번 감아 스웨터 안으로 밀어 넣었다. 아래는 두툼한 바지 차림이다. 방 안의 온도 조절 장치는 최고로 높여져 있고 좀 더 작은 실내 난방기는 내 바로 뒤에 놓여 있다. 난방기가 딸깍 소리를 내더니 삐걱거리며 동화 속에 나오는 용처럼 뜨거운 공기를 뿜어낸다. 그런데도 내 몸은 절대 가시지 않을 한기, 80년 동안 지속된 한기로 떨린다. 여든 살이라는 내 나이를 받아들이지 않는 건 아니지만 가끔씩 조지 부시가 대통령이 된 이후로 온기를 느끼지 못했다는 사실이 놀랍다. 내 나이대의 모든 노인이 이런 기분일까 궁금하다.

내 인생에 대해 말해달라고? 설명하기 쉽지 않다. 눈부신 성공을 거두진 않았지만, 굴 속에 숨은 땅다람쥐처럼 이름 없이 살지도 않았다. 짐작건대 우량주와 가장 비슷하지 않나 싶다. 매우 안정적이고, 힘든 시기보단 좋은 시기가 더 많고, 시간이 지나면서 점차 상향했으니까. 괜찮은 거래이자 운 좋은 장사였다. 모든 사람이 이런 삶을 살았다고 말할 수는 없으리라. 그런데 오해하지 말길 바란다. 나는 특별한 사람이 아니다. 이 점은 확실하다. 나는 평범한 생각을 가진 평범한 사람으로 평범한 삶을 살았다. 나를 기리기 위한 기념비도 없고 내 이름은 곧 잊힐 것이다. 하지만 온 마음과 영혼을 바쳐 누군가를 사랑했고, 내겐 이것으로 언제나 충분했다.

낭만주의자들은 이것을 사랑 이야기, 냉소주의자들은 이것을 비극이라고 부를 것이다. 둘 다 조금씩 맞는 말 같지만 결국 사람들이 어떻게 보든 간에 그것이 내 인생, 내가 선택한 길과 상당한 관련이 있다는 사실은 변하지 않는다. 나는 내가 걸어온 길과 그 길 끝에 마주한 결과들에 불만이 없다. 다른 것들에 대해선 서커스 천막을 가득 채울 정도로 불만이 넘칠 수 있어도 내가 선택한 길은 언제나 옳았으며 다른 선택은 없었을 것이다.

안타깝게도 시간 탓에 그 길을 죽 걷기가 힘들다. 언제나처럼 길은 곧지만 지금은 그 길 위에 일생에 걸쳐 축적된 바위와 자갈이 무성하다. 3년 전까지는 무시하기 쉬웠을지 몰라도 지금은 불가능하다. 몸 구석구석 아프지 않은 곳이 없다. 나는 튼튼하지도 건강하지도 않다. 하루하루 오래된 파티 풍선처럼 맥없고 부실한데다 조금씩 물러지고 있다.

나는 재채기를 하고 찡그린 두 눈으로 시계를 확인한다. 가야 할 시간이다. 창가 의자에서 일어나 느릿느릿 방을 가로질러 책상에 멈춰 서서는 백 번은 읽었던 공책을 집는다. 내용을 훑어보지는 않는다. 그 대신 옆구리에 찔러 넣고 가야 할 곳으로 걸음을 옮긴다.

흰색 바탕에 회색이 점점이 찍힌 타일 바닥을 걸어간다. 나는 물론이고 이곳에 머무는 사람 대부분의 머리칼과 같은 색이지만 오늘 아침엔 복도에 나밖에 없다. 다들 자기 방에서 텔레비전을 끼고 홀로 지내는데, 나처럼 그런 생활에 익숙하다. 인간은 충분한 시간만 주어진다면 무엇에든 적응할 수 있다.

멀리서 숨죽인 울음소리가 들린다. 이 소리의 장본인이 누군지 정확히 안다. 그때 간호사들이 나를 발견하고, 우리는 웃으며 인사를 주고받는다. 서로 친구처럼 지내고 대화도 자주 나누지만 그들은 나와 내가 매일 겪는 일들에 대해 궁금증이 많다. 내가 지나가자 그들이 자기들끼리 소곤거리는 소리가 들린다. "또 시작됐네." "오늘은 잘됐으면 좋겠다." 하지만 내게 직접 말하진 않는다.

이렇게 이른 아침부터 그 얘기를 하면 내 기분이 상할 거라 생각하는 게 분명하다. 내가 보기에도 그 생각이 맞는 것 같다.

1분 뒤 방에 도착한다. 평소처럼 나를 위해 문이 열려 있다. 방에 들어서자 간호사 두 명이 나를 보고 마주 웃는다. "안녕히 주무셨어요?" 그들이 쾌활한 목소리로 인사를 건네고 나는 잠시 자녀들의 학교생활과 다가올 방학에 관해 묻는다. 우리는 1분 넘게 울음소리 너머로 대화를 나눈다. 자신들이 이런 상황에 무뎌졌다는 사실을 눈치채지 못한 것 같다. 하기야 그건 나도 마찬가지지만.

잠시 후 나는 내 형체에 맞춰 모양이 잡힌 의자에 앉는다. 간호사들의 일이 막 끝났다. 그녀는 옷을 다 입었는데도 여전히 울고 있다. 그들이 떠나고 나면 울음이 잦아들 것이다. 아침의 들뜬 기분이 늘 그녀의 기분을 상하게 만드는데, 오늘도 예외는 아니다. 마침내 가리개가 걷히고 간호사들이 걸어 나온다. 둘 다 지나가면서 나를 툭 치고 웃는다. 이게 무슨 뜻인지 모르겠다.

아주 잠깐 동안 앉아서 그녀를 가만히 바라보지만 그녀가 시선을 받아주지 않는다. 내가 누군지 모르니 그럴 수밖에. 나는 그녀에게 낯선 사람이다. 그러다 나는 시선을 돌려 고개를 숙이고 내게 필요한 힘을 달라고 말없이 기도한다. 나는 언제나 신과 기도의 힘을 굳건히 믿어왔다. 솔직히 그 믿음 때문에 세상을 떠난 다음 꼭 답을 얻었으면 하는 질문들이 생겼지만.

이제 준비가 끝났다. 나는 안경을 끼고 주머니에서 확대경을 꺼내 탁자에 내려놓고는 공책을 펼친다. 쭈글쭈글한 손가락에 침을 두 번 묻히고 낡은 표지를 펼쳐 첫 페이지를 연다.

이야기를 읽기 직전이면 늘 마음이 어지러워지며 이런 의문이 든다. 오늘은 기적이 일어날까? 나도 모른다. 미리 아는 건 불가능하다. 실은 아무래도 상관없다. 나를 계속 움직이게 만드는 것은 가능성이다. 확실한 약속이 아니라 일종의 도박이다. 누군가는 나를 몽상가나 바보라고 부르겠지만 나는 무슨 일이든 가능하다고 믿는다.

가능성은 물론이고 과학도 내 편이 아니라는 걸 안다. 하지만 과학이 온전한 답을 주는 것은 아니다. 나는 안다. 일생을 살면서 그 사실을 배웠다. 덕분에 아무리 설명할 수 없고 믿기 힘들다 해도 기적은 존재하며 자연의 질서와 상관없이 일어날 수 있다는 믿음을 갖게 되었다. 그래서 나는 매일 해왔던 것처럼 그녀가 들을 수 있도록 다시 한번 공책을 소리 내어 읽기 시작한다. 내 인생을 지배했던 기적이 또 한 번 일어나주길 바라면서.

어쩌면, 정말 어쩌면, 기적이 일어날 수도 있지 않은가.

유령

때는 1946년 10월 초. 노아 캘훈은 농장 저택 양식의 집을 빙 둘러싼 테라스에서 석양이 지는 광경을 바라보았다. 노아는 저녁 마다, 특히 온종일 열심히 일한 뒤에 이곳에 앉아 생각이 정처 없 이 흘러가도록 내버려두는 것을 좋아했다. 그것이 노아가 휴식을 취하는 방법으로, 아버지에게서 배운 일상적 습관이었다.

노아는 특히 나무와 나무가 강에 비친 모습을 바라보는 것을 좋아했다. 노스캐롤라이나의 나무들은 가을이 무르익으면 초록, 노랑, 빨강, 주황을 아우르는 온갖 색조를 띠면서 아름다움을 뿜 낸다. 그 눈부신 색깔이 햇살을 받아 빛나자 노아 캘훈은 이 집의 옛 주인들도 같은 생각을 하며 저녁을 보냈을까 백 번째로 궁금 해졌다.

이 집은 1772년에 지어진 건물로 뉴번에서 가장 오래됐을 뿐 아니라 가장 큰 저택 중 하나였다. 원래 경작용 농장에 딸린 주요 저택이었던 이곳을 노아가 종전 직후 구매해 지난 11개월 동안 얼마 안 되는 돈을 들여 개조했다. 롤리 신문의 한 기자는 몇 주 전 이 집에 관해 이제껏 본 복원된 건물 중 가장 근사하다고 기사를 쓰기도 했다. 최소한 집은 그랬다. 나머지 부지는 사정이 달랐고 그곳이 노아가 하루의 대부분을 보내는 곳이었다.

저택은 브라이스 크릭Brices Creek✤이 인접한 약 5만 평의 부지에 위치해 있었는데, 노아는 부지의 나머지 세 면을 경계 짓고 있는 나무 울타리에 썩은 부분이나 흰개미가 있는지 확인하고 필요한 경우 말뚝을 교체하는 작업을 해오고 있었다. 그중에서도 서쪽 울타리에 아직 할 일이 남아 아까 연장을 치우면서 전화로 목재를 좀 더 주문해야겠다고 마음에 새긴 터였다. 노아는 집 안으로 들어가 감차甘茶를 한 잔 마신 뒤 샤워를 했다. 하루가 끝나면 항상 샤워를 하며 물줄기로 모든 먼지와 피로를 씻어냈다.

그런 다음 노아는 머리칼을 뒤로 빗어 넘기고, 빛바랜 청바지와 푸른색 긴팔 셔츠를 걸치고, 차를 한 잔 더 따라 테라스로 갔다. 그리고 매일 이 시간이면 앉는 곳에 어김없이 앉았다.

노아는 어깨를 돌리면서 양팔을 머리 위로 쭉 뻗었다가 옆으로

✤ 노스캐롤라이나 크레이븐 카운티의 트렌트강 지류 중 하나.

펼치며 일과를 마무리했다. 그제야 기분이 상쾌하니 개운했다. 근육에 피로가 쌓여 내일이면 약간 쑤실 것 같았지만 하고 싶었던 일을 대부분 해냈다는 게 기뻤다.

노아는 기타를 집으며 아버지를 떠올렸다. 또 그가 아버지를 얼마나 그리워하는지 생각했다. 노아는 기타 줄을 한 번 퉁기고 줄 두 개의 장력을 조절한 다음 또다시 퉁겼다. 이번에는 소리가 괜찮게 나자 본격적으로 연주했다. 음악 소리는 부드럽고 잔잔했다. 처음에는 잠시 음을 흥얼거리다가 밤이 주변으로 내려앉자 노래를 부르기 시작했다. 해가 지고 하늘이 어두워질 때까지 노아는 기타를 치며 노래를 불렀다.

7시가 조금 지나 연주가 멈췄다. 노아는 의자에 등을 기댄 채 앞뒤로 흔들었다. 습관처럼 고개를 들어 가을 밤하늘에 반짝이는 오리온자리와 북두칠성, 쌍둥이자리, 북극성을 보았다.

노아는 머릿속으로 셈을 시작하다 그만두었다. 저축한 돈을 거의 다 집수리에 사용하는 바람에 곧 다시 일자리를 찾아야 했지만, 돈 생각은 접어두고 복원이 끝날 때까지 남은 몇 달은 걱정 없이 즐기기로 마음먹었다. 그에게는 그 편이 좋다는 것을 알았다. 언제나 그랬다. 게다가 돈에 대해 고민하는 건 언제나 따분했다. 노아는 단순한 것들, 돈으로는 살 수 없는 것들을 즐기는 법을 일찌감치 터득했고, 그렇지 않은 사람들을 이해하기 힘들었다. 노아가 아버지에게서 물려받은 또 다른 특성이었다.

그때, 노아의 사냥개 클렘이 다가와 그의 손에 코를 비비더니 발치에 누웠다. "안녕, 아가씨. 기분이 어때?" 노아가 클렘의 머리를 쓰다듬으며 묻자 클렘은 동그랗고 상냥한 두 눈으로 위를 올려다보며 나직이 칭얼거렸다. 클렘은 자동차 사고로 한쪽 다리를 잃었음에도 여전히 제법 잘 걸어 다니며 오늘처럼 고요한 밤마다 노아의 곁을 지켜주었다.

노아는 이제 서른하나였다. 아주 많은 나이는 아니지만 외로움을 느끼기에 충분한 나이였다. 이곳에 돌아온 후 데이트를 한 적도, 조금이라도 관심이 가는 여자를 만난 적도 없었다. 노아는 그게 그의 문제라는 것을 알았다. 그에게는 다가오는 여자들과 거리를 두게 만드는 무언가, 그가 노력해도 바꾸기 힘든 무언가가 있었다. 때때로 잠들기 직전, 노아는 자신이 영원히 혼자 살 운명은 아닐까 고민했다.

저녁 시간이 따뜻하니 기분 좋게 지나갔다. 노아는 귀뚜라미와 바스락거리는 나뭇잎 소리에 귀를 기울이며 자연의 소리가 자동차나 비행기 같은 것들보다 훨씬 진실할 뿐 아니라 더 많은 감정을 불러일으킨다고 생각했다. 자연은 그들이 가져간 것보다 더 많은 것을 돌려주었고, 자연의 소리는 언제나 노아에게 인간적인 감정을 일깨워주었다. 전장에 있는 동안, 특히 큰 교전이 끝나고 나면 노아는 이런 단순한 소리들을 생각하곤 했다. "그 소리들이 네가 미치지 않게 도와줄 게다." 노아가 본국을 떠나던 날 아버지가 말했다. "신의 음악이 너를 집으로 데려다줄 거야."

노아는 차를 다 마신 후 안으로 들어갔다가 책을 들고 돌아오면서 현관 등을 켰다. 그리고 다시 자리에 앉아 책을 쳐다보았다. 오랜 세월 탓에 표지는 닳았고 내지는 진흙과 물로 얼룩져 있었다. 월트 휘트먼의 《풀잎》✤이었다. 노아는 전쟁 내내 그 책을 들고 다녔다. 심지어 한번은 그 책이 노아를 총알로부터 지켜주기도 했다.

노아는 표지를 쓸어 먼지를 살짝 털어냈다. 그런 다음 아무 쪽이나 펼쳐서 눈앞에 보이는 구절을 읽었다.

오 영혼이여, 지금은 그대의 시간이다.
책으로부터, 예술로부터
무언의 세계로 자유롭게 비상할 시간.
낮은 지워지고 수업은 끝났으니
온전히 모습을 드러내고
밤과 잠과 죽음과 별,
가장 사랑하는 것들을
말없이 가만히 바라보고 음미한다.✤✤

✤ 19세기 미국 시인 월트 휘트먼의 시집.
✤✤ 월트 휘트먼의 〈맑은 한밤중A Clear Midnight〉.

18

노아는 혼자 싱긋 웃었다. 어떤 이유에선지 휘트먼은 늘 뉴번을 떠올리게 했고 노아는 돌아온 것이 기뻤다. 14년 동안 떠나 있었지만 이곳이 노아의 집이었고 이곳의 많은 사람을 알았다. 대부분은 어린 시절부터 알던 사람들이었다. 별로 놀랄 일은 아니었다. 남부의 수많은 마을과 마찬가지로 이웃들은 같은 자리에서 그저 조금씩 나이만 들어갔다.

요즘 노아의 가장 친한 친구는 거스로, 길 아래에 사는 일흔 살 흑인 노인이었다. 그들은 노아가 집을 사고 몇 주 뒤 거스가 직접 담근 술과 브런즈윅 스튜❖를 들고 나타나면서 처음 만났다. 두 사람은 술을 마시고 이야기를 나누며 첫날 저녁을 함께 보냈다.

이제 거스는 일주일에 두 밤, 보통 저녁 8시쯤 나타난다. 집에 자식이 넷, 손주가 열하나라 이따금 탈출이 필요하니 그를 탓할 수는 없는 노릇이었다. 대개 거스는 하모니카를 들고 왔는데 그들은 잠시 이야기를 나눈 뒤 함께 노래 몇 곡을 연주하곤 했다. 가끔은 연주가 몇 시간 동안 이어졌다.

노아는 거스를 가족과 같이 여겼다. 작년에 아버지를 여읜 이후로 노아는 사실상 혼자였다. 외동아들인 데다 어머니는 노아가 두 살 때 독감으로 돌아가셨고 일찍이 결혼하고 싶었으나 그러지 못했다.

❖ 두 종류의 고기(지금은 주로 닭고기를 사용한다)와 다양한 채소를 넣고 끓인 미국 남부의 전통 요리.

하지만 딱 한 번 사랑에 빠진 적이 있었다. 한 번, 딱 한 번, 오래 전에. 그 사건은 노아를 영원히 바꿔놓았다. 완벽한 사랑은 사람을 그렇게 바꿔놓는다. 그리고 그 사랑은 완벽했다.

해안의 구름이 밤하늘을 지나 서서히 밀려오면서 달빛을 받아 은색으로 바뀌었다. 구름이 짙어지는 동안 노아는 흔들의자에 고개를 기대고 몸을 뉘었다. 두 다리가 침착하게 리듬을 타면서 저절로 움직였다. 저녁이면 늘 그렇듯 노아의 마음은 오늘처럼 따스했던 14년 전 어느 날 저녁으로 되돌아갔다.

1932년, 학교를 졸업한 직후 뉴스강Neuse River 축제의 개막 첫날 밤이었다. 온 마을 사람들이 바비큐와 사행성 게임을 즐기러 우르르 나와 있었다. 그날 밤은 후덥지근했는데 무슨 이유에선지 노아는 그 사실을 또렷이 기억했다. 홀로 도착해 사람들 무리 사이를 거닐며 친구들을 찾던 노아는 어릴 적부터 친했던 죽마고우 핀과 세라를 발견했다. 두 사람은 처음 보는 여자애와 대화를 나누고 있었다. 첫눈에 그녀가 예쁘다고 생각했던 게 잊히지 않는다. 마침내 노아가 합류하자 그녀는 흘끗 눈길을 돌리다 그를 똑바로 바라보았다. "안녕." 그녀가 손을 내밀며 짧게 말했다. "핀에게 얘기 많이 들었어."

그녀가 아니었다면 잊히고 말았을, 평범한 첫 만남이었다. 하지만 노아는 그녀와 악수를 하고 그 강렬한 에메랄드색 눈동자와 시선을 맞추면서 단숨에 알았다. 평생 동안 찾아다녀도 다시는 찾지 못할 운명의 상대라는 것을. 그녀는 그만큼 멋있고 완벽했다. 여름 바람이 나무 사이로 불어오고 있었다.

그 순간부터 관계는 폭풍처럼 진전되었다. 핀이 그녀의 아버지가 알 제이 레이놀즈R. J. Reynolds✤에서 일하는 까닭에 그녀가 가족과 함께 뉴번에서 여름을 보내는 중이라고 말해주었다. 노아는 그저 고개만 끄덕였는데 그를 바라보는 그녀의 눈빛이 그래도 괜찮다고 말하는 것처럼 느껴졌다. 그러자 둘 사이의 기류를 눈치챈 핀이 웃었고, 세라가 체리코크를 마시러 가자고 제안했다. 네 사람은 인파가 줄어들고 밤이 되어 모든 시설이 문을 닫을 때까지 축제에 머물렀다.

노아와 그녀는 다음 날도, 그다음 날도 만났고 곧 떨어질 수 없는 사이가 되었다. 교회에 가야 하는 일요일을 제외하고 매일 아침 노아는 최대한 빨리 허드렛일을 마친 뒤 곧장 그녀가 기다리고 있을 포트 토튼 공원으로 향했다. 그녀가 이곳엔 처음 온 데다 시골 마을에서 시간을 보낸 적이 없던 탓에 그들은 그녀에게 완전히 생소한 일들을 하며 하루하루를 보냈다. 노아는 그녀에게 낚싯줄에 미끼를 꿰고 얕은 물에 던져 배스를 잡는 법을 가르쳐주었고, 그녀와 크로아탄 숲의 깊은 산중을 탐험했다. 또 그들은 함께 카누를 타고 한여름의 뇌우를 지켜보았다. 노아는 그녀와 오랫

✤ 미국의 유명 담배 체인.

동안 알고 지낸 것처럼 느껴졌다.

반면 그녀에게 배운 것도 있었다. 담배 창고에서 열린 마을 댄스파티에서 노아에게 왈츠와 찰스턴* 추는 법을 알려준 게 그녀였다. 처음 몇 곡은 실수로 발을 헛디뎠지만 그녀의 인내심이 마침내 결실을 맺어 두 사람은 음악이 끝날 때까지 함께 춤을 추었다. 파티가 끝나고 노아가 그녀를 집까지 바래다주었다. 노아는 그녀와 작별 인사를 나눈 뒤 현관에서 잠시 머뭇거리다 그녀에게 첫 키스를 했고, 그 순간 왜 이 일을 그토록 오래 미뤘을까 후회했다. 늦여름이 되자 노아는 그녀를 이 저택으로 데려왔다. 그리고 쇠락한 건물을 바라보며 언젠가 이 집을 사서 수리할 거라고 말했다. 그들은 각자의 꿈—노아의 꿈은 세상을 구경하는 것, 그녀의 꿈은 화가가 되는 것이었다—에 대해 몇 시간 동안 대화를 나눴고 8월의 어느 후덥지근한 날 밤, 두 사람은 동정을 잃었다. 3주 뒤 그녀는 떠나면서 노아의 마음과 남은 여름을 함께 가져갔다. 노아는 비 내리는 이른 아침, 밤을 꼴딱 지새운 눈으로 그녀가 마을을 떠나는 모습을 지켜본 다음 집으로 돌아가 짐을 쌌다. 그리고 하커스섬에서 홀로 한 주를 보냈다.

노아는 양손으로 머리칼을 쓸어 넘기고선 시계를 확인했다. 8시 20분이었다. 일어나서 집 앞으로 걸어가 길을 바라보았다. 거스

* 1920년대 미국 사우스캐롤라이나주의 항구 도시 찰스턴에서 시작된 사교춤.

가 보이지 않자 그가 오지 않을 것임을 알았다. 노아는 다시 흔들의자로 돌아가 앉았다.

노아는 거스가 그녀에 관해 했던 말을 떠올렸다. 처음으로 그녀를 언급했을 때 거스는 고개를 저으며 웃었다. "그러니까 그 처자가 자네가 도망치려고 했던 그 유령이구만." 노아가 무슨 말이냐고 묻자 거스가 말했다. "알잖나, 유령, 기억 말이야. 자네가 밤낮으로 숨 돌릴 틈 없이 뼈 빠지게 일하는 걸 지켜봤네. 사람들이 그렇게 일하는 데는 세 가지 이유가 있지. 미쳤거나, 어리석거나, 잊으려는 거야. 자네의 경우엔 잊으려고 일한다 싶었어. 그게 뭔지 몰랐을 뿐이지."

노아는 거스가 한 말에 대해 생각했다. 물론 거스의 말이 맞았다. 뉴번은 이제 유령이 깃든 마을이었다. 그녀의 기억이라는 유령이 깃든 마을. 함께 어울리던 포트 토튼 공원을 지날 때마다 그녀가 보였다. 에메랄드색 눈동자를 가진 그녀가 금발 머리를 어깨까지 부드럽게 늘어뜨리고 늘 미소를 지은 채 벤치 위에 앉아 있거나 문 옆에 서 있었다. 밤에 기타를 들고 테라스에 앉아 어린 시절 듣던 음악을 연주할 때면 옆에서 가만히 듣고 있는 그녀의 모습이 보였다.

가스통 약국에 갈 때도, 매소닉 극장에 갈 때도, 심지어 시내를 어슬렁거릴 때조차 비슷한 기분이 들었다. 어느 곳을 둘러봐도 그녀의 환영과 그녀를 되살리는 것들이 보였다.

이상한 일이었다. 노아도 알았다. 노아는 뉴번에서 자랐다. 이곳에서 태어나 17년을 살았다. 하지만 뉴번을 생각할 때면 오직 그 마지막 여름만, 그들이 함께했던 여름만 떠올랐다. 다른 기억은 그저 여기저기 흩어진 어린 시절의 조각일 뿐이었고 감정은 있다 해도 거의 느껴지지 않았다.

노아는 어느 날 밤 거스에게 그 사실을 털어놓았고, 거스는 노아를 이해해줬을 뿐 아니라 처음으로 그 이유를 설명해주었다. 거스는 그냥 이렇게 말했다. "아버지가 말씀하셨지. 첫사랑이 인생을 영원히 바꿔놓는다고. 아무리 열심히 노력해도 그 감정은 절대 사라지지 않는다고. 자네가 말해준 그 처자가 자네의 첫사랑이구먼. 자네가 무슨 짓을 해도 그 처자는 자네 마음속에 영원히 남을 걸세."

노아는 고개를 절레절레 흔들다가 그녀의 이미지가 사라지기 시작하자 휘트먼의 시집으로 돌아갔다. 이따금 고개를 들어 개울가를 허둥지둥 지나가는 미국너구리와 주머니쥐를 보기도 하면서 한 시간 동안 책을 읽었다. 9시 30분이 되자 책을 덮고 2층 침실로 올라가 개인적인 소회와 보수 작업에 관한 내용 등을 일기에 적었다. 그리고 40분 뒤 잠에 들었다. 클렘이 2층으로 올라와 잠든 노아의 냄새를 맡고 원을 그리며 서성이더니 이윽고 그의 침대 발치에서 둥글게 몸을 말았다.

그날 저녁 이른 시간, 160킬로미터 떨어진 곳에서 그녀는 부모님 집 테라스 그네 위에 한쪽 다리를 꼰 채 홀로 앉았다. 그네에 앉는데 의자가 살짝 축축했다. 아까까지 장대비가 세차게 내렸으나 지금은 구름이 걷히고 있었다. 그녀는 구름 사이로 별들을 바라보며 자신이 올바른 결정을 내렸는지 의심했다. 며칠 동안 그 문제로 고심했지만―오늘 밤은 부쩍 심했다―기회를 놓치면 자신을 용서하지 못하리라는 것을 결국 깨달았다.

론은 그녀가 다음 날 아침에 떠나는 진짜 이유를 몰랐다. 한 주전 해안 근처에 있는 골동품 가게에 찾아갈지도 모른다고 론에게 넌지시 말해둔 터였다. "며칠만 갔다 올게." 그녀가 말했다. "쇼핑도 쇼핑이지만 결혼식 준비에서 잠시 숨을 돌리고 싶어." 거짓말을 하는 게 찜찜했지만 진실을 말할 수는 없었다. 그녀가 떠나는 건 론과 상관없는 일이었고 그에게 이해해달라고 부탁하는 건 불공평한 처사였다.

롤리에서 그곳까지는 차로 쉽게 갈 수 있는 거리로 두 시간 조금 넘게 걸렸는데, 그녀는 오전 11시가 되기 직전에 도착했다. 그녀는 시내의 작은 호텔에 체크인하고 방에 들어가 여행 가방을 푼 뒤 옷장에 옷을 걸고서 나머지는 전부 서랍에 넣었다. 점심을 대강 먹고 종업원에게 가장 가까운 골동품 가게로 가는 길을 물어본 다음 몇 시간 동안 쇼핑을 했다. 그리고 오후 4시 30분쯤 방으로 돌아왔다.

그녀는 침대 가장자리에 앉아 수화기를 집어 들고 론에게 전화를 걸었다. 론이 곧 재판이라 오래 통화할 수는 없었지만 그녀는 전화를 끊기 전 묵고 있는 숙소 전화번호를 알려주면서 다음 날 전화하겠노라 약속했다. 다행이다. 그녀는 전화를 끊으면서 이렇게 생각했다. 평소와 다름없는 일상적인 대화였다. 의심을 살 만한 건 아무것도 없었다.

론을 만난 지 올해로 4년이었다. 처음 만난 건 1942년으로, 미국이 1년째 세계대전에 참전하고 있을 때였다. 모두가 자신의 역할을 했고 그녀는 시내 병원에서 자원봉사를 했다. 그곳에서 그녀는 필요한 존재였고 또 환영받았지만 일은 그녀가 예상한 것보다 힘들었다. 부상당한 젊은 군인 한 무리가 1차로 고향에 돌아왔고, 그녀는 수일 동안 다친 남자들과 상한 몸뚱이들을 보살폈다. 서글서글한 매력을 지닌 론이 크리스마스 파티에서 자기소개를 했을 때 그녀는 그에게서 자신이 정확히 필요로 하던 사람을 보았다. 미래에 대한 자신감과 그녀의 모든 두려움을 없애줄 유머 감각을 지닌 사람을.

론은 그녀보다 여덟 살 많은, 잘생기고 지적이고 의욕적이고 성공한 변호사였다. 변호 업무에 열성적으로 임해 재판에서 이겼을 뿐 아니라 명성까지 떨쳤다. 그녀는 론의 열정적인 성공욕을 이해했는데, 아버지를 비롯해 같은 사회적 테두리 안에서 만난 남자들 대부분이 비슷했기 때문이다. 론 역시 그런 식으로 자랐고, 남부의 카스트제도 안에서 가문과 성취는 결혼의 가장 중요한 조건일 때가 많았다. 어떤 경우에는 유일한 고려 대상이었다.

어린 시절부터 이런 생각에 조용히 반항하면서 무모하다고 표현하면 딱 좋을 몇몇 남자들과 데이트를 하기도 했지만, 그녀는 론의 서글서글한 면에 끌렸고 점차 그를 사랑하게 되었다. 일이 많긴 해도 론은 다정한 사람이었다. 신사적이고 성숙하며 책임감도 있었다. 그녀가 자신을 붙들어줄 누군가를 필요로 하던 그 끔찍한 전쟁 기간 동안 론은 단 한 번도 그녀를 외면하지 않았다. 론과 함께 있으면 안심되었고 그 역시 그녀를 사랑한다는 걸 알았다. 그것이 론의 청혼을 받아들인 이유였다.

이런 것들을 생각하면 이곳에 있다는 사실에 죄책감이 들었다. 마음이 바뀌기 전에 짐을 싸서 떠나는 게 옳았다. 오래전에도 그렇게 했었고, 지금 떠나면 다시는 이곳에 돌아올 용기가 나지 않을 게 분명했다. 그녀는 핸드백을 집어 들고 쭈뼛거리며 문 앞에 다다랐다. 하지만 우연이 그녀를 이곳까지 밀어붙였다. 만약 지금 그만둔다면 어떻게 됐을지 늘 궁금해할 것임을 다시 한번 깨달으며 그녀는 핸드백을 내려놓았다. 그렇게는 살 수 없을 것 같았다.

그녀는 욕실에 가서 목욕을 시작했다. 물 온도를 확인한 뒤 방을 가로질러 서랍장으로 걸어가면서 금 귀걸이를 뺐다. 메이크업 가방을 찾아 면도기와 비누를 꺼낸 다음 화장대 앞에서 옷을 벗었다.

어릴 때부터 아름답다는 이야기를 들어온 터였다. 그녀는 옷을 벗고 거울에 비친 자신을 쳐다보았다. 탄탄하고 균형 잡힌 몸매였다. 가슴은 부드럽게 굴곡졌고 뱃살이라곤 찾아볼 수 없었으며 다리는 미끈했다. 엄마에게서 우뚝 솟은 광대뼈와 매끄러운 피부, 금발 머리카락을 물려받았지만 가장 빼어난 장점은 그녀만의 고유한 것이었다. 바로 론이 입버릇처럼 말한, '파도를 닮은 눈동자'였다.

그녀는 면도기와 비누를 가지고 다시 욕실로 들어갔다. 수도꼭지를 잠그고 손이 닿는 곳에 수건을 놓은 뒤 조심스럽게 욕조에 발을 들였다.

평소 좋아하는 목욕으로 긴장을 풀기 위해 그녀는 몸을 낮춰 물속으로 미끄러져 들어갔다. 하루가 길고 등이 긴장됐지만 쇼핑을 빨리 끝내서 만족스러웠다. 눈에 보이는 확실한 무언가를 들고 롤리로 돌아가야 했는데 그녀가 고른 물건들이면 문제없을 것 같았다. 그녀는 보퍼트 지역의 비슷한 가게 이름들도 알아야겠다고 다짐하다 갑자기 그래야 할 필요가 있을까 하고 생각했다. 론은 그녀에게 꼬치꼬치 캐물을 사람이 아니었다.

그녀는 비누를 집어 들고 거품을 낸 뒤 다리를 면도하기 시작했다. 면도를 하면서 부모님에 대해, 그들이 그녀의 행동을 어떻게 여길지에 대해 생각했다. 특히 엄마가 반대할 게 자명했다. 그녀의 엄마는 그녀가 아무리 그럴싸한 이유를 대도 이곳에서 일어난 그 여름의 일을 절대 인정하지 않았고, 지금도 인정하지 않을 터였다.

그녀는 욕조에 한참 동안 몸을 담근 뒤 마침내 밖으로 나와 몸을 닦았다. 옷장으로 가서 원피스를 찾다가 결국 앞쪽이 살짝 파인, 남부에서 흔히 볼 수 있는 긴 노란색 원피스를 선택했다. 그녀는 옷을 걸치고 좌우로 몸을 돌리며 거울을 바라보았다. 몸에도 잘 맞고 여성스러워 보였다. 하지만 결국에는 입지 않기로 하고 다시 옷걸이에 걸었다.

그 대신 보다 캐주얼하고 노출이 덜한 원피스를 찾아 걸쳤다. 레이스가 가미된, 앞쪽에서 단추를 채우는 원피스로 처음 것만큼 예쁘지는 않았지만 그녀 생각에 좀 더 적절해 보였다. 화장은 연하게 했는데 눈을 강조하기 위해 약간의 아이섀도와 마스카라를 바르는 정도였다. 그런 다음 향수를 적당히 뿌렸다. 작은 고리 모양의 귀걸이를 찬 뒤 아까 신었던 굽이 낮은 황갈색 샌들에 발을 집어넣었다. 금발 머리칼을 빗어 핀으로 올리고선 거울을 바라보았다. '아니, 이건 너무 과해'라고 생각하고 다시 머리를 풀었다. 훨씬 나았다.

치장이 끝나자 그녀는 뒤로 물러나 자신을 평가했다. 괜찮아 보였다. 너무 꾸민 것 같지도, 너무 캐주얼하지도 않았다. 도를 넘는 것은 원치 않았다. 어차피 뭘 기대해야 하는지도 몰랐다. 아주 오랜 시간이 흐른 탓에 여러 가지 많은 일이, 그녀가 생각하기 싫었던 일조차 벌어질 수 있었다.

그녀는 시선을 내려 두 손이 떨리는 걸 보고는 자신의 모습에 웃었다. 이상한 일이었다. 보통은 이렇게 긴장하지 않았다. 론과 마찬가지로 그녀는 언제나 자신감이 넘쳤다. 심지어 어릴 적에도. 때때로, 특히 데이트를 할 때 그런 성격 때문에 대부분의 또래 남자가 주눅이 들어 문제가 되기도 했다.

그녀는 핸드백과 자동차 열쇠를 찾아 들고 객실 열쇠를 집었다. 손에 열쇠를 쥔 채 두 차례 뒤집으며 '이렇게나 멀리 왔으니 이제 와서 포기하지 마' 하고 생각한 다음 자리를 뜨려다가 다시 침대에 앉았다. 그리고 시계를 확인했다. 저녁 6시가 다 됐다. 몇 분 안에 출발해야 했다. 어두워지고 나서 도착하긴 싫었다. 그렇지만 시간이 좀 더 필요했다.

"젠장." 그녀가 나지막이 중얼댔다. "내가 여기서 뭐 하고 있는 거지? 여기 오면 안 돼. 그럴 이유가 없잖아." 하지만 그 말을 내뱉는 순간 사실이 아님을 알아차렸다. 이곳에는 무언가가 있었다. 적어도 그에 대한 답은 얻을 터였다.

핸드백을 열고 황급히 더듬거리자 접어놓은 신문 조각이 손에 집혔다. 그녀는 신문이 찢어지지 않도록 조심스럽게, 경건하다 싶을 정도로 천천히 꺼내 펼치고는 잠시 물끄러미 바라보았다. "이게 그 이유지." 그녀가 마침내 중얼거렸다. "전부 이것 때문이야."

노아는 새벽 5시에 일어나 언제나처럼 브라이스 크릭까지 한 시간 동안 카약을 탔다. 그런 다음 작업복으로 갈아입고선 전날 산 비스킷과 사과 두 개를 먹은 뒤 커피 두 잔으로 아침 식사를 마무리했다.

그 후 다시 울타리 보수 작업으로 돌아가 부실한 말뚝들을 손봤다. 인디언 서머✤ 탓에 기온이 26도가 넘었고, 점심 무렵이 되자 무덥고 지쳐서 휴식이 반가웠다.

노아는 숭어들이 뛰노는 것을 보기 위해 물가에서 식사를 했다. 숭어들이 서너 차례 허공으로 뛰어올랐다가 미끄러지듯 물속으로 사라지는 광경을 지켜보는 게 좋았다. 어째선지 그들의 본능이 수천 년, 어쩌면 수만 년 동안 변하지 않았다는 사실은 늘 노아를 기분 좋게 했다.

가끔 노아는 그동안 인간의 본능이 변했을지 고민하다 매번 그렇지 않다고 결론 내렸다. 적어도 기본적인, 가장 원시적인 면에서는 그랬다. 노아가 보기에 인간은 언제나 공격적이고, 항상 지배하려 혈안이 돼 있고, 세상의 모든 것을 통제하려고 애써왔다. 유럽과 일본에서의 전쟁이 그 사실을 증명했다.

✤ 북미에서 발생하는 기상현상으로 늦가을에서 겨울로 넘어가기 직전 비정상적으로 따뜻한 날이 이어지는 기간을 말한다.

오후 3시가 조금 지나자 노아는 일을 멈추고 선착장 근처에 서 있는 작은 창고로 걸어갔다. 그리고 안으로 들어가 낚싯대, 가짜 미끼 두 개, 보관 중이던 살아 있는 귀뚜라미 몇 마리를 가지고 선착장으로 나와서는 낚싯바늘에 미끼를 끼우고 줄을 던졌다.

낚시를 할 때마다 자신의 삶을 반추했는데 이번에도 예외는 아니었다. 어머니가 세상을 떠난 뒤 10여 군데 가정을 전전했던 일이 생각났다. 노아는 이런저런 이유로 어린 시절 말을 심하게 더듬어 아이들의 놀림을 받았다. 그 바람에 말수가 점점 줄었고 다섯 살이 됐을 땐 아예 입을 다물었다. 학교에 들어가자 노아를 학업부진아라 여긴 선생님들이 학교를 그만둘 것을 권유하기도 했다.

노아의 아버지는 권유를 따르는 대신 직접 문제를 해결했다. 그는 아들을 계속 학교에 보내면서 방과 후 자신이 일하는 적재장으로 불러 목재를 나르고 쌓게 했다. "함께 시간을 보내니 좋구나." 그가 아들과 나란히 일하며 말했다. "나도 아버지와 이렇게 일을 했단다."

함께하는 시간 동안 노아의 아버지는 새와 동물에 대해 알려주거나 노스캐롤라이나에 널리 알려진 전설과 옛날이야기를 들려주곤 했다. 몇 달이 채 안 돼 노아는 잘은 아니지만 다시 말을 하게 됐고, 그의 아버지는 시집으로 읽기를 가르치기로 결심했다. "이 책을 큰 소리로 읽는 법을 깨우치면 하고 싶은 말을 자유롭게 할 수 있을 게다." 이번에도 노아의 아버지가 맞았다. 이듬해 노아의 말더듬증은 사라졌다. 하지만 단순히 아버지가 그곳에 있다는 이유만으로 노아는 하루가 멀다 하고 적재장에 나갔고, 저녁마다 흔들의자에 자리 잡은 아버지 옆에서 휘트먼과 테니슨✝의 작품을 낭독했다. 그 후로 노아는 늘 시를 읽었다.

머리가 조금 굵어지자 노아는 대부분의 주말과 방학을 혼자 보냈다. 한번은 난생처음 카누를 타고 브라이스 크릭을 따라 크로아탄 숲을 탐험했다. 30킬로미터 남짓 가다가 더 이상 갈 수 없는 지점에 다다르자 해안까지 수 킬로미터를 걸었다. 노아는 캠핑과 탐험에 푹 빠졌다. 참나무 아래에 앉아서 조용히 휘파람을 불고 비버와 거위와 야생 왜가리에게 기타 연주를 들려주며 숲에서 몇 시간을 보냈다. 시인들은 인간과 인공적인 것에서 떨어져 자연 속에 혼자 있는 것이 영혼에 유익하다는 사실을 알았다. 그래서 노아는 언제나 시인들에게 공감했다.

노아는 말수는 적었지만 수년 동안 적재장에서 무거운 물건을 나르다 보니 스포츠에 두각을 나타냈고 뛰어난 운동 실력으로 인기를 얻었다. 그중에서도 축구와 육상 경기를 즐겼다. 대부분의 팀원은 자유 시간에도 함께했지만 노아는 좀처럼 그들과 어울리지 않았다. 간혹 노아를 거만하다고 여기는 이도 있었으나 대부분

✝ 앨프리드 테니슨. 19세기 영국의 시인으로, 빅토리아시대의 계관시인이었다.

은 노아가 남들보다 조숙해서 그렇다고 생각했다. 학창 시절엔 여자 친구도 몇 명 사귀었지만 어떤 여자도 노아에게 큰 인상을 남기지 못했다. 한 사람만 제외하고. 노아가 학교를 졸업한 뒤 나타난 여자애였다.

앨리. 그의 앨리.

노아는 앨리를 처음 만난 날 밤에 핀과 축제를 떠난 뒤 그녀에 관해 나눈 대화를 기억했다. 핀이 웃으면서 두 가지를 예측했다. 첫 번째, 두 사람은 사랑에 빠질 것이다. 두 번째, 둘의 사랑은 이루어지지 않을 것이다.

낚싯대에 입질이 살짝 오자 노아는 배스가 잡히길 기대했다. 하지만 결국 입질이 멈췄고 노아는 낚싯줄을 당겨 미끼를 확인한 다음 다시 줄을 던졌다.

핀의 예측은 모두 들어맞았다. 여름 내내 앨리는 노아를 보러 갈 때마다 부모님에게 핑계를 대야 했다. 부모님이 노아를 싫어해서가 아니라 그가 앨리와 달리 너무 가난한 집안 출신이었기 때문이다. 그들은 딸이 노아 같은 사람과 진지한 관계를 맺는 것을 용납하지 않을 터였다. "부모님이 어떻게 생각하든 상관 안 해. 난 널 사랑해. 영원히 사랑할 거야." 앨리가 말했다. "우리가 함께할 방법을 찾게 될 거야."

그러나 결국 찾지 못했다. 9월 초, 담배 수확 철이 끝나고 앨리는 하는 수 없이 가족과 함께 윈스턴세일럼으로 돌아갈 수밖에 없었다. "그냥 여름이 끝난 거야, 앨리. 우리가 아니라." 앨리가 떠나던 날 아침, 노아가 말했다. "우린 절대 끝나지 않아." 하지만 끝났다. 편지도 수차례 보냈지만 알 수 없는 이유로 답장은 오지 않았다.

결국 노아는 앨리를 잊기 위해 뉴번을 떠나기로 결심했다. 게다가 대공황 때문에 뉴번에서 생계를 유지하는 게 거의 불가능했다. 먼저 노퍽에 가서 6개월간 조선소에서 일했고, 해고된 다음에는 경기가 썩 나쁘지 않다는 소식을 듣고 뉴저지로 옮겼다.

노아는 마침내 고철 처리장에 일자리를 얻었다. 온갖 폐품에서 고철만 분리해내는 일이었다. 사장은 모리스 골드만이라는 유대인으로, 유럽에서 전쟁이 발발해 미국이 또다시 참전하게 될 거라 확신하고 고철을 최대한 많이 수집하는 데 여념이 없었다. 하지만 노아는 이유에는 관심이 없었다. 그저 일자리를 얻어 기쁠 뿐이었다.

적재장에서 보낸 세월 덕분에 노아는 이러한 노동에 단련돼 있었고, 그래서 열심히 일했다. 그 덕에 낮 동안은 앨리에 대한 생각을 떨칠 수 있었지만 그건 노아의 신조이기도 했다. 그의 아버지는 늘 이렇게 말했다. "받은 만큼 일해라. 받은 것보다 적게 일하면 도둑질이다." 그런 노아의 태도에 상사는 흡족해했다. "유대인이 아니라는 게 안타깝군. 자네는 다방면에서 참 괜찮은 청년이야." 골드만이 해줄 수 있는 최고의 칭찬이었다.

노아는 앨리에 대한 생각을 멈추지 않았다. 특히 밤이면 더했다. 한 달에 한 번 앨리에게 편지를 썼지만 답장은 한 번도 오지 않았다. 끝내 노아는 마지막 편지를 보냈고, 함께 보낸 그 여름이 그들이 나눈 유일한 시간이라는 사실을 받아들일 수밖에 없었다.

그럼에도 앨리는 노아의 마음속에 머물렀다. 마지막 편지를 보낸 지 3년이 되던 해 노아는 앨리를 찾고자 윈스턴세일럼으로 향했다. 앨리의 집에 갔다가 그녀가 이사를 했다는 걸 알게 되었고 몇몇 이웃에게 정보를 얻어 마침내 알 제이 레이놀즈에 전화를 걸었다. 전화를 받은 여자 직원은 신입이라 이름을 알아차리지 못했지만, 노아를 위해 인사 기록을 뒤진 끝에 앨리의 아버지가 회사를 떠났고 새 주소는 기재돼 있지 않다는 사실을 알려주었다. 그 여행이 노아가 앨리를 찾으려고 나선 처음이자 마지막 시도였다.

다음 8년 동안 노아는 골드만을 위해 일했다. 처음에는 12명의 일꾼 중 하나였지만 세월이 지나고 회사가 커지면서 승진을 거듭했다. 1940년 즈음에는 사업을 완전히 익혀 고철 거래를 중개하고 30명의 직원을 관리하는 등 업무 전반을 관장했다. 회사는 이스트코스트에서 가장 큰 고철 거래상이 되었다.

그동안 노아는 몇 명의 여자와 데이트를 했다. 지역 식당에서 서빙을 하는, 짙푸른 눈동자와 부드러운 검은 머리카락을 가진 한 여자와는 진지한 만남을 가졌다. 2년 동안 데이트를 하고 함께 좋은 시간을 숱하게 보냈음에도 노아는 앨리에게 느낀 것과 같은 감정은 결코 느끼지 못했다.

그렇지만 잊을 수 없는 여자였다. 그녀는 노아보다 몇 살 연상으로 그에게 어떻게 해야 여자를 기쁘게 할 수 있는지, 어느 부위를 만지고 입 맞춰야 하는지, 어느 지점에서 좀 더 오래 머물러야 하는지, 어떤 말을 속삭여야 하는지를 가르쳐준 장본인이었다. 그들은 때로 온종일 침대에 머물며 서로를 껴안고 더없이 만족스럽게 사랑을 나누었다.

그녀는 그들이 영원히 함께하지 못하리라는 것을 알았다. 둘의 관계가 끝나갈 무렵, 한번은 그녀가 이렇게 말했다. "당신이 찾고 있는 걸 주고 싶어. 그런데 그게 뭔지 모르겠어. 당신은 나를 포함해 누구에게도 곁을 내주지 않아. 당신과 진짜 함께 있는 게 내가 아닌 것 같아. 마음속에 다른 누군가가 있는 거야."

노아가 부인하려 했지만 그녀는 믿지 않았다. "난 여자야, 그래서 직감으로 알아. 가끔 당신이 나를 쳐다보면서 다른 누군가를 보고 있다는 거. 그 여자가 불쑥 나타나서 이곳에서 데려가주기를 기다리는 것처럼 말이야…." 한 달 뒤 그녀는 노아의 일터로 찾아와 다른 사람이 생겼다고 말했다. 노아는 이해했다. 그들은 친구로 헤어졌고 이듬해 그녀에게서 결혼 소식을 알리는 엽서가 도착했다. 그 후로는 아무 소식이 없었다.

뉴저지에 있는 동안 노아는 1년에 한 번 크리스마스 무렵에 아버지를 찾았다. 그들은 낚시를 하거나 대화를 나누며 시간을 보냈고 가끔은 해안으로 여행을 떠나 오크라코크 근처 아우터뱅크스에서 캠핑을 했다.

1941년 12월, 노아가 스물여섯 살이 되었을 때 골드만의 예상대로 전쟁이 터졌다. 노아는 한 달 후 골드만의 사무실로 찾아가 입대 의사를 밝힌 뒤 아버지에게 작별 인사를 하기 위해 뉴번으로 돌아왔다. 5주 뒤 노아는 신병 훈련소에 입소했다. 그곳에 있는 동안 노아의 노고에 감사를 표하는 골드만의 편지가 도착했다. 편지에는 혹여 고철상이 팔릴 경우 일정 금액을 증여하겠다는 증서가 동봉돼 있었다. "자네가 없었으면 사업을 키울 수 없었을 걸세." 편지에는 그렇게 적혀 있었다. "유대인은 아니지만 자네는 내 밑에서 일했던 일꾼 중 가장 뛰어난 청년이야."

노아는 패튼의 제3군에서 3년을 보내면서 13킬로그램이 넘는 군장을 등에 짊어진 채 북아프리카의 사막과 유럽의 숲길을 누볐다. 노아가 소속된 보병 부대는 쉼 없이 전투를 치렀다. 노아는 동지들이 근처에서 죽어가는 것을, 그들 중 일부가 고향에서 수천 킬로미터 떨어진 곳에 묻히는 것을 지켜보았다. 한번은 라인강 근처 참호에 몸을 숨기고 있는데 상상 속에서 그를 내려다보는 앨리가 보였다.

전쟁은 유럽에 이어 몇 달 뒤 일본에서도 종식을 맞이했다. 전역하기 직전 모리스 골드만을 대표하는 뉴저지의 한 변호사에게서 편지가 도착했다. 변호사를 만나자마자 노아는 골드만이 한 해 전 사망했으며 그의 유산도 정리됐다는 사실을 알게 되었다. 사업 체는 매각됐고 노아는 약 7,000달러의 수표를 상속받았다. 희한 하게도 왠지 노아는 그 사실이 전혀 기쁘지 않았다.

그다음 주에 노아는 뉴번으로 돌아와 그 저택을 샀다. 그러고 나서 아버지를 데려와 자신의 계획을 털어놓으며 집을 어떻게 개 조할 생각인지 구체적으로 알려주었다. 노아의 아버지는 기침을 하고 숨을 헐떡이며 쇠약해진 모습으로 걸음을 옮겼다. 노아가 걱 정하자 독감이니 염려하지 말라고 안심시켰다.

하지만 한 달도 채 되지 않아 노아의 아버지는 폐렴으로 사망 했고 지역 공동묘지에 잠든 아내 옆에 묻혔다. 노아는 정기적으로 무덤에 들러 꽃을 놓아두었다. 이따금 쪽지도 남겼다. 그리고 매 일 밤 어김없이 아버지를 기억하는 시간을 가지며 그에게 중요한 모든 것을 가르쳐준 아버지를 위해 기도했다.

노아는 낚싯줄을 당긴 뒤 장비를 챙겨 집으로 돌아왔다. 이웃 에 사는 마사 쇼가 직접 만든 빵 세 덩어리와 비스킷을 들고 감사 인사를 하러 들렀다. 남편이 세 아이와 허름한 판잣집만 남겨둔 채 전사한 과부였다. 겨울을 대비해 노아가 지난주 그녀의 집에 찾아가 며칠에 걸쳐 지붕을 보수하고 깨진 창문을 교체하고 성한 창문의 틈새를 막아주고 장작 난로를 수리해준 터였다. 바라건대 그 정도면 겨울을 나기에 충분할 것 같았다.

마사가 떠나자 노아는 낡은 군용 트럭을 몰고 거스를 찾아갔다. 차가 없는 거스네를 생각해 가게에 갈 때면 언제나 그의 집에 들렀다. 딸아이 하나가 차에 뛰어올라 노아와 동행했고 그들은 케이퍼스 잡화점에서 쇼핑을 했다. 노아는 집에 도착해 식료품 정리는 뒤로 미루고 샤워를 한 다음 버드와이저 맥주와 딜런 토머스*의 책을 들고 테라스로 가서 앉았다.

앨리는 두 손에 증거를 들고 있으면서도 여전히 믿기 힘들었다.

3주 전 일요일, 부모님 집에 있던 신문에서 본 기사였다. 커피를 가지러 부엌에 갔다 식탁으로 돌아오니 그녀의 아빠가 미소를 지으며 작은 사진을 가리켰다. "이거 기억나니?"

아빠가 앨리에게 신문을 건넸다. 대수롭지 않게 흘깃 쳐다봤다가 사진 속 무언가가 눈길을 끌어 좀 더 자세히 살폈다. "말도 안 돼." 앨리가 낮게 중얼거렸다. 아빠가 호기심 어린 눈빛을 보냈지만 앨리는 무시하고 앉아서 말없이 기사를 읽었다. 엄마가 식탁으로 와서 맞은편에 앉았던 게 어렴풋이 기억났다. 앨리가 마침내 신문을 치우자 엄마가 조금 전 아빠와 똑같은 표정으로 그녀를 빤히 바라보았다.

"너 괜찮니?" 앨리의 엄마가 커피 잔 너머로 물었다. "살짝 창백

✤ 20세기 영국 웨일스의 시인.

40

해 보이는구나." 앨리는 곧장 답하지 않았다. 답할 수 없었다. 그제야 자신의 두 손이 떨리고 있음을 알아차렸다. 기사를 본 순간부터 떨리고 있었다.

"이제 어떤 식으로든 끝이 나겠지." 앨리는 또 한 번 작게 중얼거렸다. 그러고는 그 후 기사를 오리기 위해 신문을 들고 부모님 집을 나섰던 것을 떠올리며 신문지를 접어서 가방에 집어넣었다. 앨리는 그날 밤 잠자리에 들기 전에 기사를 다시 읽으며 우연의 의미를 헤아리려 애썼고, 이튿날 아침 그 모든 것이 꿈이 아니었음을 확인이라도 하듯 다시 기사를 읽었다. 바로 그것이 3주라는 지난한 시간 동안 마음고생을 한 끝에 지금 이곳에 오게 된 이유였다.

사람들의 질문에 앨리는 그녀의 변덕스러운 행동을 스트레스 탓으로 돌렸다. 완벽한 변명이었다. 론을 포함해 모두가 이해해주었다. 앨리가 며칠간 떠나 있고 싶다고 했을 때 론이 반박하지 않은 이유도 그거였다. 결혼을 준비하는 일은 관련된 모든 이들에게 스트레스였다. 약 500명의 하객 명단에는 주지사, 상원의원 한 명, 페루 대사도 있었다. 앨리는 너무 과하다고 주장했지만 그들의 약혼 소식은 뉴스거리였고 6개월 전 결혼 계획을 발표한 이후로 신문의 사회면을 독차지했다. 가끔 론과 함께 도망쳐 조용히 결혼식을 올리고 싶다는 생각도 들었다. 하지만 론이 동의하지 않으리라는 것을 알았다. 정치인 지망생으로서 론은 주목받는 것을 좋아했다.

앨리는 한숨을 쉬고 다시 일어섰다. "지금이 아니면 기회는 없어." 이렇게 중얼거리고는 물건을 챙겨서 문으로 갔다. 잠시 걸음을 멈췄으나 이내 문을 열고 아래층으로 내려갔다. 앨리가 지나가자 지배인이 미소를 지었다. 건물을 나서서 차로 향하는데 지배인의 시선이 그녀에게 머물러 있는 게 느껴졌다. 앨리는 운전석으로 미끄러지듯 들어가 마지막으로 자기 모습을 확인한 뒤 시동을 걸고 프런트가로 우회전했다.

자신이 여전히 마을 지리를 그토록 잘 안다는 사실이 놀랍지 않았다. 몇 년 동안 들른 적도 없었지만 동네가 크지 않아 길을 찾기 쉬웠다. 앨리는 트렌트강을 가로지르는 옛날식 도개교를 지나 자갈길로 들어서며 여정의 마지막 구간에 진입했다.

언제나 그랬듯 이곳 저지대는 아름다웠다. 앨리가 자란 산기슭 지역과 달리 땅이 평평했지만 목화와 담뱃잎을 키우기에 이상적인 비옥한 실트질質 토양✤을 가졌다는 점이 비슷했다. 두 작물과 목재가 이 지방 도시를 먹여 살리고 있었다. 앨리는 마을 외곽 도로를 운전하며 맨 처음 사람들을 이곳으로 끌어들인 아름다운 풍경을 보았다.

앨리가 보기에 하나도 변한 게 없었다. 부서지는 햇살이 30미

✤ 모래보다는 미세하고 점토보다는 거친 토양.

터 높이의 떡갈나무와 히코리나무 사이로 쏟아지며 가을빛을 밝혔다. 앨리의 왼쪽으로 쇳빛 강물이 도로를 향해 굽이졌다 물길을 틀어 몇 킬로미터 앞의 더 큰 강물로 합쳐졌다. 자갈길이 남북전쟁 전에 지어진 농장 사이로 구불구불 나 있었다. 일부 농부들의 삶은 그들의 조부모님이 태어나기도 전부터 한결같았다. 변하지 않은 풍경에 기억이 홍수처럼 밀려왔다. 한참 동안 잊고 지낸 지형지물이 하나씩 눈에 들어오자 가슴이 벅찼다.

태양이 왼쪽 숲 바로 위에 걸려 있었다. 앨리는 커브를 돌아 수년 동안 버려졌음에도 여전히 버티고 서 있는 오래된 교회를 지나갔다. 그해 여름, 남북전쟁의 전리품을 찾기 위해 그 교회를 탐험했었다. 차가 교회를 지나치자 그날의 기억이 마치 어제 일처럼 더욱 생생해졌다.

뒤이어 강둑에 서 있는 으리으리한 떡갈나무가 시야에 들어왔고 기억은 더욱더 강렬해졌다. 두꺼운 나뭇가지들이 바닥을 따라 가로로 낮게 뻗어 있고 스페인 이끼가 베일처럼 큰 가지들 위로 걸쳐져 있는 모습이 예나 지금이나 비슷했다. 앨리는 7월의 어느 무더운 여름날, 모든 것을 삼켜버릴 만큼 갈망 어린 눈빛으로 그녀를 바라보던 누군가와 함께 그 나무 아래에 앉아 있던 때를 떠올렸다. 앨리가 태어나서 처음으로 사랑에 빠진 순간이었다.

그는 앨리보다 두 살이 많았다. 옛길을 따라 차를 모는데 다시금 그가 서서히 또렷하게 떠올랐다. 그때는 그가 늘 실제 나이보다 더 많아 보인다고 생각했다. 그는 밭에서 몇 시간 동안 일하고 집에 돌아온 농부처럼 피부가 살짝 그을려 있었다. 생계를 위해 고된 노동을 하는 사람들 특유의 굳은살 박인 두 손과 넓은 어깨를 가졌고, 생각을 꿰뚫어 보는 듯한 짙은 두 눈 주위로는 희미한 주름이 생기기 시작한 터였다.

키가 크고 힘이 셌으며 옅은 갈색 머리카락에 나름대로 잘생긴 얼굴이었지만 무엇보다 기억에 남은 것은 그의 목소리였다. 그날 그는 앨리에게 시집을 읽어주었다. 나무 아래 풀밭에 함께 누워서 부드럽고 유려한 듣기 좋은 어조로 시를 낭독했다. 라디오에서 흘러나올 법한 목소리였다. 시를 읊는 그의 목소리는 허공에 붕 떠 있는 것만 같았다. 앨리는 그가 읽어주는 구절들이 그녀의 영혼을 어루만지도록 내맡긴 채 눈을 감고 귀를 기울였다.

그것은 안개와 어스름으로 나를 끌어낸다.

나는 바람으로 떠난다. 석양에 흰 머리칼을 흩날리며⋯.✤

그는 백 번은 읽었던, 귀퉁이가 접힌 낡은 시집을 이리저리 넘겼다. 그가 한동안 시를 낭송하다 멈추면 두 사람은 대화를 나눴

✤ 월트 휘트먼의 〈나 자신의 노래Song of Myself〉 중.

다. 앨리가 이다음에 이루고 싶은 게 무엇인지—미래에 바라는 꿈과 희망—말하면 그는 귀담아듣고 전부 이뤄주겠노라 약속했다. 그 모습에 믿음이 갔다. 앨리는 그 말이 진심이라는 것을 알았다. 이따금 앨리가 물으면 그는 자기 자신에 대해 말해주거나 왜 특정 시를 선택했는지, 그 시에 대해 어떻게 생각하는지 설명해주었다. 어떨 때는 온 정신을 집중해 앨리를 바라보기만 했다.

그들은 해가 저무는 풍경을 감상하고 밤하늘의 별 아래서 함께 밥을 먹었다. 밤이 깊어가고 있었다. 앨리가 어디 있는지 알면 부모님이 불같이 화를 낼 터였다. 하지만 그 순간에는 그러거나 말거나 전혀 상관없었다. 하루가 얼마나 특별했는지, 그가 얼마나 특별한지에 대한 생각뿐이었다. 몇 분 뒤 앨리의 집으로 향하면서 그가 그녀의 손을 잡았고, 앨리는 집으로 돌아가는 내내 그의 따뜻한 손길을 느꼈다.

다시 한번 우회전하자 마침내 저 멀리 집이 보였다. 집은 앨리가 기억하던 것과 눈에 띄게 달라져 있었다. 집이 가까워지자 앨리는 차의 속도를 늦추고 그녀를 롤리에서 불러낸 신호 지점으로 이어지는, 나무가 늘어서 있는 흙길로 들어섰다.

앨리는 집을 바라보며 천천히 차를 몰다가 그가 테라스에서 그녀의 차를 쳐다보고 있는 것을 발견하고 심호흡했다. 그는 편한 옷차림이었다. 멀리서 보니 예전과 달라진 게 없어 보였다. 잠시 그의 등 뒤에서 햇살이 비쳐 그가 풍경 속으로 사라졌다.

앨리는 차를 몰고 계속 천천히 앞으로 나아가다가 결국 집 앞에 그림자를 드리운 떡갈나무 아래에 댔다. 그러고는 그에게 시선을 둔 채 시동을 껐다. 엔진이 털털거리다 멈췄다.

그는 테라스에서 내려와 느긋하게 다가오다가 앨리가 차에서 내리자 갑자기 얼어붙었다. 오랫동안 그들은 꼼짝도 하지 않고 서로를 빤히 쳐다보기만 했다.

그렇게 결혼을 코앞에 둔 스물아홉의 사교계 명사 앨리슨 넬슨은 간절히 원하던 답과 가까워졌고, 서른하나의 몽상가 노아 캘훈은 그의 인생을 지배해온 유령과 만났다.

재회

두 사람 다 서로를 마주 보고 꼼짝도 하지 않았다.

노아가 온몸이 경직된 채 아무 말도 하지 않자 잠시 앨리는 그가 자신을 알아보지 못한다고 생각했다. 불현듯 이런 식으로 불쑥 나타난 것이 죄스럽게 느껴졌고 일도 더 어려워진 것 같았다. 왜인지 이러는 편이 더 쉬울 거라고, 자연스레 말이 나올 거라고 생각한 터였다. 하지만 아니었다. 앨리의 머릿속에 떠오른 모든 말이 뭔가가 빠진 듯 부적절해 보였다.

노아와 함께 보낸 그 여름의 추억이 되살아났다. 앨리는 노아를 빤히 쳐다보면서 마지막으로 봤을 때와 거의 변한 게 없음을 알아차렸다. 멋있다는 생각이 들었다. 물 빠진 낡은 청바지 안으로 셔츠를 헐렁하게 집어넣어 예의 그 넓은 어깨에서부터 좁은

47

엉덩이와 날씬한 복부까지 선이 가늘게 이어졌다. 여름 내내 야외에서 일한 사람처럼 피부는 햇볕에 그을렸다. 앨리가 기억하는 것보다 머리카락이 좀 더 가늘고 밝긴 했지만, 마지막으로 봤을 때와 똑같아 보였다.

마침내 준비가 되자 앨리는 숨을 크게 쉬며 웃었다.

"안녕, 노아. 다시 보게 돼서 반가워."

앨리가 인사를 건네자 노아가 놀라서 당황한 눈빛으로 그녀를 쳐다보았다. 그러다 문득 머리를 가볍게 흔들더니 천천히 웃기 시작했다.

"나, 나도 반가워…." 노아는 말을 더듬으며 한 손을 턱에 갖다 댔고 앨리는 그가 면도를 하지 않은 걸 알아챘다. "정말 너 맞아? 믿기지 않아서…."

노아의 목소리에서 충격이 느껴졌다. 앨리도 그 모든 게 현실이 됐다는 게, 이곳에서 노아를 만났다는 게 놀라웠다. 앨리는 마음속에서 오래된 강렬한 감정이 움찔거리는 것을 느끼고 아주 잠깐 정신이 아득해졌다.

앨리는 감정을 다잡으려고 안간힘을 썼다. 이런 일이 벌어지는 걸 예상하지도, 원하지도 않았다. 이제는 약혼한 몸이었다. 이러려고 이곳에 온 게 아니다…. 하지만….

하지만….

하지만 감정이 의지와 상관없이 움직였다. 잠깐이지만 다시 열

다섯이 된 것 같았다. 마치 모든 꿈을 이룰 수 있을 것만 같은, 몇 년 동안 느껴보지 못한 감정이 되살아났다.

마침내 집에 온 것 같은 기분이었다.

세상에서 가장 자연스러운 일이라도 되는 것처럼 두 사람은 말 없이 서로에게 다가갔고, 노아가 앨리를 끌어당겨 양팔로 껴안았다. 그들은 서로의 존재를 실감하듯 꼭 끌어안은 채 짙어가는 황혼 속에 14년의 헤어짐을 녹였다.

한참 동안 그렇게 있다가 결국 앨리가 몸을 떨어트리고 노아를 보았다. 코앞에 있으니 처음에는 몰랐던 변화가 눈에 띄었다. 어느새 어른이 된 얼굴에서 어린 시절의 부드러움은 찾을 수 없었다. 눈가의 희미한 주름은 깊어졌고 턱에는 전에 없던 흉터가 생겼다. 생소한 날카로움도 보였다. 순수함이 줄어든 대신 신중함이 늘어난 것 같았다. 그럼에도 불구하고 앨리는 노아의 품에 안기면서 그와 헤어진 뒤로 그를 얼마나 그리워했는지 깨달았다.

끝내 서로를 놓아주는데 앨리의 두 눈에 눈물이 그렁그렁했다. 앨리가 눈가에 맺힌 눈물을 닦으며 작은 소리로 초조하게 웃었다.

"괜찮아?" 노아가 물었다. 얼굴에 수많은 질문이 서려 있었다.

"미안해, 울 생각은 아니었는데…."

"괜찮아." 노아가 웃으며 말했다. "네가 여기 있다는 게 아직 믿기지 않아. 날 어떻게 찾은 거야?"

앨리는 뒤로 물러나면서 남은 눈물을 닦고 마음을 진정시키려 애썼다.

"몇 주 전에 롤리의 한 신문에서 이 집에 대한 기사를 봤어. 그래서 꼭 한번 다시 만나고 싶었어."

노아가 환하게 웃었다. "와줘서 기뻐." 그가 아주 살짝 뒤로 물러섰다. "세상에, 너 정말 근사하다. 그때보다 지금이 훨씬 예쁜데."

앨리는 얼굴이 빨개지는 걸 느꼈다. 14년 전처럼.

"고마워. 너도 멋있어." 사실이었다. 그 부분은 의심의 여지가 없었다. 세월의 풍파를 잘 빗겨간 듯했다.

"그래, 뭐 하고 지냈어? 여긴 어떻게 온 거야?"

노아의 질문에 현재로 돌아온 앨리는 자칫 경솔했다간 일이 잘못될 수도 있음을 직감했다. 수습할 수 없게 만들면 안 돼, 하고 자신을 타일렀다. 시간을 끌면 끌수록 더 힘들어질 터였다. 그리고 더 힘들어지는 건 원치 않았다.

하지만 세상에, 저 눈동자. 저 부드럽고 짙은 눈동자라니.

앨리는 몸을 돌리고선 어떻게 말할지 고민하며 한숨을 내쉬었다. 그러고는 마침내 차분한 목소리로 말을 시작했다. "노아, 오해하기 전에 말하자면 널 다시 보려고 온 건 맞지만 그게 다가 아냐." 잠깐 뜸을 들이다 말했다. "여기에 온 이유가 있어. 네게 할 말이 있어서야."

"그게 뭔데?"

앨리는 시선을 돌리며 대답을 미루었다. 아직 입이 떨어지지 않는다는 게 놀라웠다. 침묵이 흐르자 노아는 마음이 철렁 내려앉는 것 같았다. 그게 뭐든 나쁜 소식임이 분명했다.

"어떻게 말해야 할지 모르겠어. 처음엔 말이 쉽게 나올 거라 생각했는데, 지금은 뭐라 말해야 할지…."

느닷없이 미국너구리의 날카로운 울음소리가 분위기를 흐트러뜨렸고 클렘이 거칠게 짖으며 테라스 아래서 나왔다. 두 사람의 관심이 클렘에게로 쏠리자 앨리는 주의가 딴 곳으로 돌아가서 기뻤다.

"네가 키우는 개야?" 앨리가 물었다.

노아는 심장이 조이는 기분을 느끼며 고개를 끄덕였다. "암컷이야. 이름은 클레멘타인. 그리고 맞아, 내가 키우는 개야." 두 사람은 클렘이 고개를 마구 흔들고 기지개를 켠 뒤 소리가 나는 쪽을 향해 걸어가는 모습을 지켜보았다. 클렘의 다리 하나가 없는 것을 본 앨리의 눈동자가 살짝 커졌다.

"다리는 어쩌다 저렇게 된 거야?" 앨리가 시간을 끌면서 물었다.

"몇 달 전에 차에 치였어. 수의사인 해리슨 박사가 전화해서 주인이 더 이상 키우길 원치 않는다면서 데려가겠냐고 묻더라고. 사고 이야기를 듣고서는 안락사를 당하게 그냥 내버려둘 수가 없었어."

"넌 항상 그렇게 마음이 따뜻했어." 앨리가 마음을 진정시키려 애쓰며 말했다. 그녀는 말을 멈추고 노아를 지나치며 저택을 바라보았다. "훌륭하게 복구했구나. 완벽해. 언젠가 해낼 줄 알았어."

노아는 앨리와 같은 방향으로 고개를 돌리며 잡담 뒤에 무슨 이야기가 기다리고 있을까 생각했다.

"고마워, 좋게 말해줘서. 그런데 꽤 큰 공사였어. 다시 하라면 못 할 것 같아."

"당연히 또 해낼 거야." 앨리가 말했다. 노아가 이 집을 어떻게 생각하는지 앨리는 정확히 알았다. 하긴, 노아의 모든 생각을 훤히 알았다. 적어도 오래전에는.

그런 생각이 들자 그 후로 정말 많은 것이 변했다는 것을 깨달았다. 그들은 이제 낯선 사람이었다. 노아를 보기만 해도 알 수 있었다. 14년의 헤어짐은 긴 시간, 너무나 긴 시간이라는 것을.

"뭔데, 앨리?" 노아가 그녀 쪽으로 고개를 돌리며 시선을 유도했지만 앨리는 계속 집을 응시했다.

"나 바보 같지?" 앨리가 애써 웃으며 물었다.

"무슨 소리야?"

"이 모든 상황 말이야. 느닷없이 나타나 놓고선 무슨 말을 해야 할지도 모르고. 내가 미쳤다고 생각하겠지."

"아니야." 노아가 나긋하게 말했다. 그러더니 앨리의 손을 잡았다. 앨리는 손을 내준 채 노아의 옆에 나란히 섰다. 노아가 말을 이었다.

"이유는 모르겠지만 말하기 힘든 일인가 보지. 잠깐 산책하는 게 어떨까?"

"예전처럼?"

"안 될 것도 없지. 좀 걸으면 도움이 되지 않을까 싶은데."

앨리가 머뭇거리며 현관문을 바라보았다. "누군가한테 말해야 하지 않아?"

노아가 고개를 저었다.

"아니, 말할 사람 없어. 나와 클렘 둘뿐이거든."

묻기는 했지만 다른 누군가가 없다는 낌새는 챈 터였다. 앨리는 그 말을 들으니 기분이 묘했다. 하지만 그 말에 하고 싶은 말을 하기가 조금 더 힘들어졌다. 다른 누군가가 있으면 더 쉬웠으련만.

그들은 강 쪽으로 걷다가 둑 옆길로 방향을 틀었다. 앨리는 노아의 예상을 뒤엎고 그의 손을 놓은 뒤 우연이라도 손이 닿지 않게끔 그와 충분한 거리를 둔 채 걸음을 옮겼다.

노아는 앨리를 쳐다보았다. 풍성한 머리카락에 부드러운 눈동자까지 여전히 아름다웠다. 걸음걸이는 어찌나 우아한지 마치 미끄러지듯 나아갔다. 전에도 눈길을 잡아끄는 아름다운 여자들을 본 적이 있었지만 그들에겐 노아가 생각하는 가장 매력적인 특징이 빠져 있었다. 지성, 자신감, 정신력, 열정, 타인의 영혼을 고취시키는 능력. 노아 자신이 가지고 싶었던 것들이었다.

앨리는 그런 특징을 가지고 있었다. 함께 걸으면서 노아는 그것들이 앨리의 내면에 남아 있음을 다시 한번 감지했다. '살아 있는 시.' 노아가 사람들에게 앨리를 설명하고자 할 때면 떠오르는 표현이었다.

"이곳에 돌아온 지 얼마나 됐어?" 푸릇푸릇한 작은 언덕길로 접어들 때 앨리가 물었다.

"작년 12월에 돌아왔어. 한동안 북부에서 일하다가 3년 동안 유럽에 가 있었어."

앨리가 질문이 가득한 눈빛으로 노아를 쳐다보았다. "참전했던 거야?"

노아가 고개를 끄덕이자 앨리가 말을 이었다.

"그럴지도 모른다고 생각했어. 무사히 돌아와서 기뻐."

"나도 그래." 노아가 말했다.

"집에 돌아오니 좋아?"

"응. 내 뿌리는 여기야. 이곳이 내가 있어야 할 곳이야." 노아는 잠시 말을 멈췄다. "그런데 넌 언제?" 최악의 답을 예상하며 침착하게 물었다.

한참 후 앨리가 답했다.

"나 약혼했어."

앨리가 그렇게 말하는 순간 노아는 시선을 떨구었다. 맥이 탁 풀렸다. 그거였다. 그게 앨리가 이야기한 할 말이었다.

"축하해." 노아는 그의 말이 얼마나 진심처럼 들릴지 궁금했다. "결혼식은 언제야?"

"3주 뒤 토요일이야. 론이 11월에 결혼하길 원했거든."

"론?"

"론 해먼드 주니어. 내 약혼자야."

노아가 고개를 끄덕였다. 놀랍지 않았다. 해먼드 집안은 미국에서 가장 힘 있고 영향력 있는 집안 중 하나였다. 면화로 부를 일군 가문이었다. 노아의 아버지가 돌아가셨을 때와 달리 론 해먼드 시니어의 죽음은 신문 1면을 장식했다. "들어봤어. 부친이 사업을 크게 일구셨다지. 그 사람이 아버지 사업을 물려받은 거야?"

앨리가 고개를 저었다. "아니, 그이는 변호사야. 시내에 사무실이 있어."

"이름값이 있어서 바쁘겠어."

"응. 일을 많이 해."

노아는 앨리의 말투에서 뭔가를 느끼고 자연스럽게 다음 질문을 했다.

"너한테 잘해줘?"

그 질문에 대해 진지하게 생각하는 게 처음이라도 되는 양 앨리가 뜸을 들였다.

"응. 좋은 사람이야, 노아. 너도 마음에 들 거야."

앨리의 대답은 냉랭했다. 아니, 적어도 그래 보였다. 노아는 자신의 판단이 진짜인지 아니면 마음이 농간을 부리는 건지 알 수 없었다.

"아버지는 잘 계셔?" 앨리가 물었다.

노아가 두어 걸음 걷다가 대답했다. "올해 초에 돌아가셨어. 내가 돌아온 직후에."

"힘들었겠다." 노아에게 아버지가 얼마나 큰 의미인지 아는 앨리가 나직이 말했다.

노아가 고개를 끄덕였고 두 사람은 잠시 말없이 걸었다.

언덕 꼭대기에 다다르자 그들은 걸음을 멈추었다. 멀찌감치서 있는 떡갈나무 너머로 태양이 오렌지색으로 빛나고 있었다. 앨리는 그곳을 바라보며 노아의 시선이 그녀에게 머물러 있음을 느꼈다.

"저기서 많은 추억을 쌓았지."

앨리가 웃었다. "그러게. 들어오면서 봤어. 나무 아래서 함께 보낸 날 기억해?"

"응." 더는 대답이 이어지지 않았다.

"그날에 대해 생각한 적 있어?"

"가끔." 노아가 말했다. "주로 이쪽으로 운동하러 올 때. 이젠 내 땅이거든."

"샀어?"

"저 나무가 부엌 서랍장으로 전락하는 꼴은 차마 못 보겠더라고."

묘하게도 그 사실이 반가워서 앨리는 조용히 웃었다. "아직도 시를 읽어?"

노아가 고개를 끄덕였다. "응. 시집을 손에서 놓은 적이 없어. 내 피 속에 시가 흐르나 봐."

"있지, 넌 내가 만난 유일한 시인이야."

"난 시인이 아니야. 읽기는 해도 쓰지는 못해. 시도는 해봤지만."

"그래도 넌 시인이야. 노아 테일러 캘훈." 앨리의 목소리가 나긋해졌다. "난 아직 그때 일을 자주 생각해. 누군가 내게 시를 읽어준 게 그때가 처음이야. 실은, 유일해."

앨리의 말에 두 사람 다 생각이 과거로 표류하며 기억이 떠올랐다. 그러는 사이 그들은 천천히 한 바퀴를 돌았고 부두 근처를 지나는 새로운 길을 따라 저택으로 향했다. 해가 좀 더 저물면서 하늘이 주황빛으로 물들 때 노아가 물었다.

"그래, 얼마나 머무는 거야?"

"모르겠어. 오래 있지는 않아. 아마 내일이나 모레까지."

"약혼자가 이쪽에 일이 있나 봐?"

앨리가 고개를 저었다. "아니, 그이는 아직 롤리에 있어."

노아가 눈썹을 치켜올렸다. "네가 여기 온 거 알아?"

앨리가 다시 고개를 저으며 천천히 대답했다. "아니. 그이한테는 골동품을 사러 간다고 말했어. 내가 여기 온다고 하면 이해하지 못할 거야."

노아는 앨리의 대답에 조금 놀랐다. 이곳에 찾아오는 것과 약혼자에게 그 사실을 숨기는 것은 완전히 다른 문제였다.

"약혼한 사실을 말하려고 찾아올 필요까진 없었는데. 그냥 편지를 쓰거나 전화를 해도 됐잖아."

"알아. 하지만 왠지 직접 만나서 말하고 싶었어."

"왜?"

앨리가 머뭇거렸다. "나도 모르겠어…." 말끝을 흐리는 모습이 거짓이 아니라는 믿음을 주었다.

말없이 몇 발자국을 걷는 동안 발 아래에서 자갈이 으드득거렸다. 그때 노아가 물었다.

"앨리, 그 사람을 사랑해?"

앨리가 반사적으로 대답했다. "응, 사랑해."

그 말에 가슴이 아렸다. 다시 한번 말투에서 이상한 낌새가 느껴졌다. 마치 자신을 납득시키려고 그렇게 말하는 것만 같았다. 노아는 걸음을 멈추고 조심스레 앨리의 어깨를 붙잡아 그를 마주 보게 했다. 옅어지는 석양빛이 앨리의 눈동자에 비쳤다.

"앨리, 네가 행복하고 그 사람을 사랑하는 게 맞다면 그에게 돌아가는 걸 말리지 않을게. 하지만 조금이라도 확신이 안 서면 결혼하지 마. 이건 어중간하게 발을 들일 종류의 일이 아니야."

말이 끝나기가 무섭게 대답이 튀어나왔다.

"난 올바른 결정을 하는 거야, 노아."

앨리의 말이 믿기지 않아 노아는 잠깐 그녀를 빤히 보았다. 그런 뒤 고개를 끄덕이고선 다시 함께 걷기 시작했다. 잠시 후 노아가 입을 열었다. "내가 상황을 더 복잡하게 만드는 거지?"

앨리가 가만히 웃었다. "괜찮아. 네 탓이 아니야."

"어쨌든 미안해."

"그러지 마. 미안할 이유 없어. 사과할 사람은 나야. 오지 말고 편지를 보냈어야 했어."

노아가 고개를 저었다. "솔직히, 그래도 네가 와서 좋아. 상황이 어떻든 간에 다시 봐서 반가워."

"고마워, 노아."

"우리가 새로 시작할 수 있을 거라 생각해?"

앨리가 노아를 호기심 어린 눈빛으로 쳐다보았다.

"넌 내 인생 최고의 친구야, 앨리. 네가 약혼을 했더라도, 단 며칠만이라도, 여전히 친구이고 싶어. 그냥 다시 서로를 알아가는 건 어떨까?"

앨리는 그 말에 대해, 떠날지 머물지에 대해 고민하다 약혼 사실을 알렸으니 아마 괜찮을 거라고, 적어도 잘못된 선택은 아닐 거라고 생각했다. 그래서 살짝 웃으며 고개를 끄덕였다.

"좋아."

"그래. 같이 저녁 먹을까? 이 동네에서 게 요리를 최고로 잘하는 집을 아는데."

"좋다. 어딘데?"

"우리 집. 일주일 내내 통발을 쳐놨어. 며칠 전에 실한 놈들이 몇 마리 잡혔더라고. 괜찮아?"

"그럼, 맛있겠다."

노아가 웃으며 엄지손가락으로 그의 어깨 너머를 가리켰다. "좋아. 통발은 부두에 있어. 몇 분 안에 돌아올게."

앨리는 노아가 걸어가는 모습을 보며 약혼 사실을 털어놓을 때 느꼈던 긴장감이 사라지는 것을 알아차렸다. 눈을 감고 두 손으로 머리칼을 훑어 가벼운 미풍이 뺨을 스치게 했다. 숨을 깊이 들이마신 뒤 잠시 참았다 내뱉자 어깨 근육이 좀 더 이완되었다. 그러고는 마침내 눈을 뜨고 그녀를 둘러싼 아름다운 광경을 바라보았다.

앨리는 오늘 같은 저녁을, 희미한 낙엽 향이 부드러운 남풍에 실려 오는 저녁을 언제나 사랑했다. 숲과 숲이 만들어내는 소리를 사랑했다. 그 소리를 들으면 마음이 훨씬 편해졌다. 조금 뒤 앨리는 노아를 향해 몸을 돌리고는 낯선 사람인 양 그를 쳐다보았다.

정말이지, 그렇게 많은 세월이 지났는데도 멋있었다.

앨리는 노아가 물속에 드리운 줄을 잡는 모습을 지켜보았다. 사방이 어두웠는데도 줄을 당기자 물에서 통발을 건져 올리는 두 팔에 근육이 불끈거리는 게 보였다. 노아는 잠시 통발을 허공에 들고 흔들어 물기를 빼냈다. 부두에 통발을 내려놓은 다음 안을 열어 게를 하나씩 꺼내더니 양동이에 담기 시작했다.

노아를 향해 걸음을 옮기는데 귀뚜라미 울음소리가 들리면서 어린 시절에 들었던 말이 떠올랐다. 앨리는 1분 동안 귀뚜라미가 우는 횟수를 세고 29를 더했다. 67도구나, 하고 생각하며 혼자 웃었다. 정말인지는 알 수 없지만 맞는 것 같았다.✤

앨리는 길을 걸으며 주위를 둘러보다가 이곳이 얼마나 생기 넘치고 아름다운 곳인지 잊고 있었다는 사실을 깨달았다. 뒤쪽으로 저 멀리 집이 보였다. 노아가 조명을 두어 개 켜놓고 나오는 바람에 인근에 있는 유일한 집, 적어도 전기가 들어오는 유일한 집처럼 보였다. 마을 경계 밖이라 사방이 캄캄했다. 수천 개의 시골집이 여전히 실내조명이라는 호사를 누리지 못했다.

부두에 발을 디디니 아래서 끽끽거리는 소리가 났다. 녹슨 아코디언을 연상시키는 그 소리에 노아는 고개를 들어 눈을 찡긋하더니 다시 하던 일로 돌아가 게의 크기가 적당한지 확인했다. 앨리는 부두에 놓인 흔들의자로 걸어가 손으로 의자 뒷면을 훑었다. 노아가 그곳에 앉아 낚시하고 사색하고 책을 읽는 모습이 그려졌다. 세월과 비바람에 시달려 의자 표면이 거칠었다. 노아가 이곳에서 혼자 얼마나 많은 시간을 보냈을지, 그때마다 어떤 생각을 했을지 궁금했다.

"아버지가 쓰던 의자야." 노아가 고개를 들지 않은 채 말했고 앨리는 고개를 끄덕였다. 하늘에 박쥐가 보였고 개구리가 귀뚜라

✤ 1897년 미국의 과학자 돌베어가 발견한 화씨온도 계산법으로 옛 아메리칸인디언들도 이 방법을 사용해 온도를 계산했다고 한다.

미의 저녁 합창에 화음을 넣었다.

앨리는 드디어 끝난 듯한 기분으로 부두 반대편으로 걸어갔다. 뭔가에 홀린 듯 이곳에 와서야 3주 만에 처음으로 그녀를 괴롭히던 감정이 사라졌다. 어떻게든 노아가 그녀의 약혼 사실을 알기를, 이해하기를, 받아들이기를 원했던 거였다. 이제야 그렇다는 확신이 들었다. 노아를 생각하는데 그들이 보낸 그 여름에 나눈 어떤 추억이 떠올랐다. 앨리는 고개를 숙이고 천천히 서성이다가 부두 위에 새겨진 조각을 찾았다. **노아는 앨리를 사랑한다.** 앨리가 떠나기 며칠 전 하트 모양과 함께 새긴 글귀였다.

미풍이 불어와 정적을 깨뜨렸고 앨리는 한기에 팔짱을 꼈다. 그 자세로 서서 글귀와 강을 번갈아 바라보는데 노아가 옆으로 다가오는 소리가 들렸다. 가까워지자 온기가 느껴졌다.

"정말 평화로운 곳이야." 앨리의 목소리는 꿈꾸는 듯했다.

"맞아. 그냥 물 가까이 있고 싶어서 이곳에 자주 내려와. 그러면 기분이 좋아져."

"내가 너라도 그럴 것 같아."

"자, 가자. 모기가 극성이다. 배도 고프고."

어느새 하늘이 컴컴해졌고 노아는 앨리와 나란히 서서 집으로 걸어갔다. 침묵에 싸여 길을 걷는데 앨리의 마음이 심란해졌다. 머리도 살짝 어지러웠다. 앨리가 이곳에 있는 것에 대해 노아가 어떻게 생각할지도 궁금했지만, 그녀의 마음이 어떤지도 알 수 없었다. 몇 분 뒤 집에 도착하자 클렘이 그들을 반기며 축축한 코를 노아의 가랑이 사이에 들이댔다. 노아가 저리 가라는 시늉을 하자 클렘은 다리 사이로 꼬리를 내린 채 자리를 떴다.

노아가 앨리의 차를 가리켰다. "차에서 꺼낼 물건은 없어?"

"응, 아까 도착해서 짐을 다 풀었어." 마치 세월을 갑자기 건너 뛰기라도 한 것처럼 자신의 목소리가 낯설게 들렸다.

"좋아." 노아가 뒤쪽 테라스에 도착해 계단을 올라가며 말했다. 노아는 문가에 양동이를 놓고 안으로 들어가 부엌으로 향했다. 부엌은 바로 오른편으로, 널찍하고 새 나무 냄새가 났다. 찬장은 바닥과 마찬가지로 떡갈나무 재질이었고 커다란 창문이 동쪽으로 나 있어 아침 햇살을 받기 좋았다. 이런 저택을 복구할 때 흔히 하듯 과하지 않고 고상했다.

"둘러봐도 괜찮을까?"

"그럼, 둘러봐. 난 아까 장을 봐서 아직 정리할 게 남았어."

그들의 시선이 잠시 마주쳤다. 앨리는 뒤돌아서면서 그녀가 부엌을 나가는 모습을 노아가 계속 쳐다보고 있음을 알아챘다. 심장이 다시 살짝 옥죄였다.

몇 분 동안 방들을 돌아다니며 구경한 집은 아주 근사했다. 구경을 마쳤을 땐 이 집이 한때 얼마나 낡았었는지 기억이 안 날 정도였다. 앨리는 계단을 내려와 부엌 쪽으로 몸을 돌리고선 노아의 옆모습을 보았다. 순간 노아가 다시 열일곱의 청년으로 보이는 바람에 아주 잠깐 멈칫했다가 다시 걸음을 옮겼다. '미쳤나 봐, 정신 차려.' 앨리는 생각했다. '네가 약혼한 몸이라는 걸 기억해.'

노아는 조리대 옆에 서 있었다. 수납장 문 두어 개가 활짝 열려 있었고 빈 식료품 봉투들이 바닥에서 조용히 바스락거렸다. 노아가 앨리를 향해 미소 짓고는 한 수납장에 캔을 몇 개 더 집어넣었다. 앨리는 몇 걸음 떨어진 곳에 멈춰 다리를 겹치고 조리대에 기댔다. 그리고 노아가 얼마나 많은 것을 해냈는지 보고 놀라며 고개를 절레절레 흔들었다.

"대단해, 노아. 이렇게 복구하는 데 얼마나 걸렸어?"

노아가 마지막 봉투를 풀다가 고개를 들었다. "거의 1년."

"너 혼자 한 거야?"

노아가 낮게 웃었다. "아니. 어릴 때 늘 다짐했던 대로 시작은 그렇게 했지. 그런데 너무 힘이 부치더라고. 몇 년은 걸릴 것 같아서 결국 사람을 몇 명… 사실 많이 고용했어. 그런데도 일이 너무 많아서 보통 자정이 넘어서까지 작업을 했지."

"왜 그렇게 열심히 한 거야?"

유령 때문에, 라고 말하고 싶었지만 하지 않았다.

"나도 몰라. 그냥 일을 끝내고 싶었던 것 같아. 저녁 먹기 전에 마실 거 좀 줄까?"

"뭐가 있어?"

"사실 몇 개 없어. 맥주, 차, 커피."

"차가 좋겠다."

노아는 식료품 봉투들을 모아서 치운 다음 부엌 옆의 작은 방으로 들어가더니 차가 든 통을 가지고 돌아왔다. 티백을 몇 개 꺼내 레인지 옆에 내려놓고 찻주전자에 물을 채웠다. 그런 뒤 화구에 주전자를 올리고 성냥으로 불을 붙였다. 불꽃이 살아나는 소리가 들렸다.

"금방 끓어." 노아가 말했다. "이 레인지가 성능이 무척 좋아."

"알았어."

주전자에서 휘파람 소리가 나자 노아는 컵 두 잔에 물을 붓고 하나를 앨리에게 건넸다.

앨리가 웃으며 한 모금 마시더니 창문을 향해 손짓했다. "부엌에 아침 햇살이 비치면 근사하겠다."

노아가 고개를 끄덕였다. "맞아. 그래서 이쪽 방향에 큰 창문을 단 거야. 심지어 2층 침실에도."

"손님들이 좋아하겠어. 물론 늦잠을 자고 싶어 하지 않는다면 말이지."

"실은 아직 손님이 묵고 간 적이 없어. 아버지가 돌아가시고 난 후로 딱히 초대할 사람이 없어서."

말투로 보아 그저 일상적인 이야기일 뿐이었지만 어째선지… 외로움이 느껴졌다. 노아는 앨리의 기분을 알아차린 눈치였으나 그녀가 이야기를 계속 이어나가기 전에 화제를 바꾸었다.

"게를 찌기 전에 먼저 몇 분간 양념에 재워야겠어." 조리대에 컵을 내려놓으며 말했다. 노아는 찬장으로 가서 찜통과 뚜껑이 달린 큰 냄비를 꺼냈다. 냄비를 싱크대로 가져와 물을 담은 뒤 레인지로 들고 왔다.

"내가 뭐 좀 도와줄까?"

노아가 어깨 너머로 답했다. "좋아. 튀김을 하게 채소 좀 썰어줄래? 냉장고에 잔뜩 있어. 그릇은 저쪽에 있을 거야."

노아가 싱크대 근처 수납장을 가리켰다. 앨리는 차를 한 모금 더 마시고는 조리대에 컵을 내려놓고 그릇을 꺼내서 냉장고로 가져갔다. 맨 아래 칸에 오크라, 주키니 호박, 양파, 당근이 있었다. 노아가 냉장고 앞으로 와서 그녀 옆에 합류했고 앨리는 공간을 만들어주기 위해 걸음을 옮겼다. 나란히 서 있는데 노아에게서 상쾌하고 독특한, 익숙한 냄새가 났다. 노아가 몸을 숙여 손을 앞으로 뻗는데 그의 팔이 앨리의 팔을 스쳤다. 그는 맥주와 핫소스 병을 꺼내 레인지로 돌아갔다.

노아는 맥주를 따서 냄비에 부은 다음 핫소스와 다른 조미료를 추가했다. 가루가 녹도록 잘 저은 뒤 게를 가져오려 뒷문으로 향했다.

노아는 부엌에 들어서기 전 잠시 멈춰 서 앨리가 당근을 써는 모습을 빤히 지켜보았다. 그러고 있자니 앨리가 약혼까지 한 몸으로 왜 이곳에 온 건지 다시 궁금증이 일었다. 이 모든 게 하나도 말이 되지 않아 보였다.

하긴 앨리는 언제나 놀라움의 연속이었다.

노아는 과거의 앨리를 떠올리고 혼자 웃었다. 예술가라면 으레 그럴 거라 짐작했던 것처럼 앨리는 불같고 즉흥적이고 열정적이었다. 그리고 두말할 필요 없이 예술가였다. 앨리의 예술적 재능은 하늘이 주신 선물이었다. 노아는 뉴욕의 박물관에서 그림을 감상하며 앨리의 작품이 그곳에서 본 것들만큼이나 훌륭하다고 생각했던 일을 떠올렸다.

그해 여름, 앨리는 떠나기 전 노아에게 그림 한 점을 선물로 주었다. 지금 그 그림은 거실 벽난로 위에 걸려 있었다. 앨리는 그녀의 꿈들을 표현한 그림이라고 했지만 노아의 눈에는 굉장히 관능적으로 보였다. 주로 늦은 밤 그림을 감상할 때면 색과 선 안의 욕망이 느껴졌고, 주의를 집중하면 앨리가 붓질할 때마다 했던 생각을 상상할 수 있었다.

저 멀리서 개 짖는 소리가 들리자 노아는 문을 열어놓고 한참을 서 있었다는 것을 깨달았다. 노아는 재빨리 문을 닫고 부엌으로 몸을 돌렸다. 걸음을 옮기는데 그가 자리를 얼마나 오래 비웠는지 앨리가 눈치챘을까 궁금해졌다.

"어떻게 되고 있어?" 앨리가 일을 거의 끝낸 것을 보고 노아가 물었다.

"잘 되고 있어. 거의 다 끝났어. 다른 음식은 또 뭐가 있어?"

"집에서 구운 빵을 내놓으려고."

"집에서 구운 빵?"

"이웃이 줬어." 싱크대에 양동이를 놓으면서 말했다. 노아는 수도꼭지를 틀고 게를 씻기 시작했다. 게를 들어 흐르는 물에 씻은 뒤 싱크대에 내려놓고 다른 놈을 씻었다. 그러는 사이 게들이 싱크대 안에서 이리저리 돌아다녔다. 앨리는 컵을 들고 다가가 노아를 쳐다보았다.

"집다가 물릴까 봐 겁나지 않아?"

"아니, 그냥 이렇게 잡으면 돼." 노아가 시범을 보이자 앨리가 웃었다.

"네가 평생 이 일을 해왔다는 걸 잊었어."

"뉴번은 작지만, 중요한 일들을 배울 수 있는 곳이야."

노아에게 바짝 붙은 앨리는 조리대에 기댄 채 컵을 비웠다. 게가 준비되자 노아가 레인지에 올려진 냄비에 넣었다. 그러더니 손을 씻고 몸을 돌리면서 앨리에게 말했다.

"잠깐 테라스에 앉아 있을까? 30분 동안 담가놔야 해."

"좋아." 앨리가 말했다.

노아가 손을 닦자 그들은 함께 뒤쪽 테라스로 갔다. 노아는 밖으로 나가면서 전구 스위치를 홱 젖힌 다음 그는 낡은 흔들의자에 앉고 앨리에게는 새 의자를 권했다. 앨리의 컵이 빈 것을 보고선 안으로 들어가 차 한 잔과 그가 마실 맥주를 들고 나타났다. 노아가 컵을 내밀자 앨리는 받아서 한 모금 마시고 의자 옆 탁자에 내려놓았다.

"내가 왔을 때 여기 앉아 있지 않았어?"

노아가 편히 고쳐 앉으며 답했다. "응. 밤마다 이곳에 앉아 있어. 이젠 습관이 됐어."

"왜 그런지 알겠어." 앨리가 주위를 둘러보며 말했다. "그래, 요즘엔 무슨 일을 해?"

"사실 지금 당장은 집 고치는 것 말고는 아무 일도 안 해. 이 일이 내 창작욕을 충족시켜줘."

"그러면 이 집은 어떻게… 내 말은…."

"모리스 골드만."

"뭐라고?"

노아가 웃었다. "북부에서 모시던 내 옛 상사야. 그분 이름이 모리스 골드만이었어. 군에 입대할 때 그분이 사업체 일부를 넘겨줬는데 내가 전역하기 전에 돌아가셨어. 미국으로 돌아오니 그분의 변호사가 이 집을 사는 건 물론이고 고치고도 남을 만큼 거액의 수표를 줬지."

앨리가 작게 웃었다. "늘 방법을 찾아낼 거라고 하더니."

두 사람은 한동안 조용히 앉아 다시 과거를 되돌아보았다. 앨리가 차를 또 한 모금 홀짝였다.

"나한테 이 집에 대해 처음 말해준 날 밤 이곳에 몰래 숨어들었던 거 기억나?"

노아가 고개를 끄덕였고 앨리가 말을 이었다.

"그날 밤 집에 조금 늦게 도착했는데 집 안에 들어선 나를 보고 부모님이 불같이 화를 냈어. 아빠가 거실에 서서 담배를 피우고 엄마가 소파에서 나를 똑바로 노려보던 모습이 아직도 눈에 선해. 정말이지, 가족 중 누가 죽기라도 한 표정이었다니까. 그때 부모님이 내가 너한테 푹 빠졌다는 걸 처음 알게 됐지. 그날 밤늦게 엄마가 나를 앉혀놓고 한참 동안 이야기했어. '네가 지금 겪고 있는 게 뭔지 내가 모를 거라 생각하겠지만 아니란다. 때론 말이야, 우리의 미래는 무엇을 원하는지가 아니라 누구인지에 따라 결정되는 거야.' 엄마가 그렇게 말했을 때 큰 상처를 받았어."

"이튿날 네가 말해줬지. 크게 상처받았어. 네 부모님을 좋아했기 때문에 나를 싫어하실 줄은 몰랐어."

"널 싫어한 게 아니야. 네가 나한테 어울리지 않는다고 생각한 거지."

"결국 같은 말 아닐까."

대답하는 노아의 목소리에 슬픔이 묻어났다. 그런 기분을 느끼는 게 당연하다는 걸 앨리도 알았다. 앨리는 하늘의 별을 올려다보며 한 손으로 머리를 훑어 얼굴에 떨어진 머리카락 몇 가닥을 쓸어 올렸다.

"나도 알아. 늘 알았어. 어쩌면 그래서 엄마랑 대화할 때 항상 거리감이 느껴진 건지도 모르겠어."

"지금은 마음이 어떤데?"

"그때와 똑같아. 잘못됐고 불공평한 일이지. 어린 여자애가 깨닫기엔 너무 끔찍한 말이야. 사회적 신분이 감정보다 중요하다니."

노아는 앨리의 대답에 아무 말 없이 가만히 웃었다.

"그 여름부터 쭉 네 생각을 했어." 앨리가 말했다.

"내 생각을 했다고?"

"왜, 거짓말 같아?" 앨리가 진심으로 놀란 표정을 지었다.

"내 편지에 한 번도 답장 안 했잖아."

"나한테 편지를 썼어?"

"수십 통이나. 2년을 보냈는데 답장 한 통 없더라."

앨리가 천천히 고개를 젓더니 시선을 떨구었다.

"몰랐어…." 마침내 차분히 말했다. 노아는 우편함을 확인하고 앨리 몰래 편지를 없앤 사람이 그녀의 엄마라는 것을 알았다. 언제나 그럴 거라 의심해왔다. 노아는 앨리가 똑같은 깨달음을 얻는 모습을 지켜보았다.

"엄마가 그렇게 한 건 잘못된 거야, 노아. 엄마가 저지른 일은 미안해. 하지만 이해해줬으면 좋겠어. 내가 이곳을 떠난 이상 그때 일을 전부 잊어버리는 게 더 나을 거라 생각했나 봐. 엄마는 내게 네가 얼마나 소중한 존재인지 전혀 이해하지 못했어. 솔직히 내가 널 사랑한 것처럼 아빠를 사랑했는지도 모르겠어. 엄마는 그저 내 감정을 지키려 했고, 그러기 위한 최선의 방법은 네가 보낸 편지를 숨기는 거라고 생각했을 거야."

"그건 너희 엄마가 결정할 문제가 아니야." 노아가 조용히 말했다.

"맞아."

"네가 편지를 받았으면 달라졌을까?"

"당연하지. 네가 어떻게 지내는지 늘 궁금했으니까."

"아니, 우리 말이야. 우리가 잘됐을 거라 생각해?"

앨리가 답을 하기까지 시간이 걸렸다.

"모르겠어, 노아. 진짜 모르겠어. 그건 너도 마찬가지일 거야. 우리는 예전의 우리가 아니야. 우린 변했고, 어른이 됐어. 우리 둘 다."

앨리가 잠시 말을 멈췄다. 노아는 대꾸하지 않았고 앨리는 침묵 속에서 강 쪽을 바라보다 말을 이었다.

"하지만 그래, 노아. 잘됐을지도 몰라. 적어도 그렇게 생각하고 싶어."

노아는 고개를 끄덕이고 시선을 떨궜다가 다른 곳으로 돌렸다.

"론은 어떤 사람이야?"

앨리는 예상치 못한 질문에 머뭇거렸다. 론의 이름이 나오자 살며시 죄책감이 들어 순간 할 말을 잃었다. 앨리는 컵을 들고 한 모금 더 홀짝이며 멀리서 딱따구리가 나무를 쪼는 소리에 귀를 기울였다. 그리고 조용히 말했다.

"잘생기고 매력적이고 일적으로도 성공했지. 그래서 친구들 대부분이 나를 굉장히 부러워해. 다들 그이가 완벽하다고 생각하는데, 많은 면에서 사실이야. 내게 다정하고 날 웃게 만들고 자기만의 방식으로 날 사랑해줘." 앨리는 생각을 가다듬으며 말을 끊었다. "하지만 우리 관계에는 항상 뭔가가 빠져 있어."

앨리는 자신이 한 대답에 스스로 놀랐다. 그렇지만 사실이었다. 노아를 쳐다보자 그가 이미 그 대답이 나오리라 짐작하고 있었다는 걸 깨달았다.

"왜?"

앨리가 희미한 웃음과 함께 어깨를 으쓱이며 대답했다. 그녀의 목소리는 속삭임에 가까웠다.

"내가 그해 여름 우리가 나눈 그런 사랑을 아직 찾고 있나 봐."

노아는 앨리의 말을 한참 동안 곱씹으며 그녀와 헤어진 후 가졌던 관계들을 생각했다.

"넌 어때?" 앨리가 물었다. "우리에 대해 생각해본 적 있어?"

"항상. 아직도 해."

"만나는 사람 있어?"

"아니." 노아가 고개를 저으며 대답했다.

두 사람 다 그 일에 관한 생각을 머릿속에서 쫓아내려 애썼으나 그러기 힘들었다. 노아는 맥주를 들이켜고는 자신이 한 병을 그토록 빨리 마신 것에 깜짝 놀랐다.

"이제 게를 꺼내야겠다. 뭐 좀 갖다줄까?"

앨리가 고개를 저었고 노아는 부엌으로 가서 찜통에는 게를, 오븐에는 빵을 넣었다. 밀가루와 옥수수가루를 찾아 채소에 입힌 다음 프라이팬에 기름을 부었다. 불을 약하게 낮춘 뒤 타이머를 맞추고 냉장고에서 맥주를 한 병 더 꺼내 테라스로 돌아왔다. 그러는 동안 노아는 앨리에 대해, 그들의 인생에서 사라진 사랑에 대해 생각했다.

앨리도 생각에 잠겼다. 노아에 대해, 그녀 자신에 대해, 많은 것에 대해. 앨리는 잠시 약혼한 몸이 아니었으면, 하고 생각하다 재빨리 자신을 꾸짖었다. 앨리가 사랑한 것은 노아가 아니었다. 그녀는 과거의 그들을 사랑했다. 그리고 이런 기분이 드는 게 정상이었다. 앨리의 진짜 첫사랑, 그녀가 사귀었던 유일한 남자를 어떻게 그렇게 쉽게 잊을 수 있단 말인가?

그런데 노아가 가까이 올 때마다 마음이 움찔거리는 것도 정상일까? 다른 사람에게는 절대 말할 수 없는 것들을 털어놓는 게 정상일까? 결혼식을 3주 앞두고 이곳에 오는 게 정상일까?

"아니, 그렇지 않아." 앨리는 결국 저녁 하늘을 보며 혼자 중얼거렸다. "이 중에 정상은 아무것도 없어."

그 순간 노아가 나왔고 앨리는 그를 쳐다보며 웃었다. 노아가 돌아와 생각에서 벗어날 수 있어 다행이었다. "몇 분 걸릴 거야." 노아가 다시 앉으며 말했다.

"괜찮아. 아직 그렇게 배고프지 않아."

그때 노아가 다정한 눈빛으로 앨리를 바라보았다. "네가 와서 기뻐, 앨리." 노아가 말했다.

"나도 그래. 하마터면 못 올 뻔했지만."

"여기는 왜 온 거야?"

안 올 수가 없었어, 라고 말하고 싶었지만 하지 않았다.

"그냥 널 보려고. 네가 어떻게 지내는지 알고 싶어서. 잘 지내나 확인하고 싶었어."

그게 전부인지 의문이 들었지만 노아는 그 이상 묻지 않고 화제를 바꾸었다.

"그나저나 꼭 묻고 싶었는데, 그림은 여전히 그려?"

앨리가 고개를 저었다. "이제 안 그려."

노아가 어리둥절해했다. "왜 안 그리는데? 그렇게 뛰어난 재능을 가졌으면서."

"모르겠어…."

"모를 리가. 그만둔 데는 이유가 있겠지."

노아의 말이 맞았다. 이유가 있었다.

"사연이 길어."

"밤새 들어줄 수 있어." 노아가 답했다.

"정말 내게 재능이 있다고 생각해?" 앨리가 조용히 물었다.

"자." 노아가 앨리의 손을 잡으며 말했다. "네게 보여줄 게 있어."

앨리는 노아를 따라 자리에서 일어나 문을 지난 뒤 거실로 향했다. 노아가 벽난로 앞에 멈추더니 선반 위에 걸린 그림을 가리켰다. 숨이 턱 막혔다. 아까는 눈치채지 못했다는 사실에 놀랐고, 그것이 이곳에 걸려 있다는 사실에 더 놀랐다.

"여태 간직하고 있었어?"

"당연하지. 훌륭한 그림이야."

앨리가 의심 어린 시선을 보내자 노아가 설명했다.

"이 그림을 보고 있으면 살아 있다는 기분이 들어. 가끔씩 일어나서 만져보고 싶어져. 모양, 음영, 색깔 모두 너무 생생해. 어떨 땐 꿈까지 꾼다니까. 정말 놀라운 그림이야, 앨리. 몇 시간이고 이 그림만 보고 있을 수도 있어."

"진심이구나." 앨리가 충격받은 듯한 말투로 말했다.

"언제나처럼 진심이야."

앨리는 아무 말이 없었다.

"이제껏 아무도 그런 말을 해준 적이 없었단 말이야?"

"교수님한테 들은 적 있어." 마침내 앨리가 입을 열었다. "하지만 그 말을 안 믿었어."

노아는 그것이 다가 아님을 알았다. 앨리가 먼 곳을 바라보며 말을 이었다.

"어릴 적부터 그림을 그렸어. 그러다 나이가 좀 더 들면서 그림에 소질이 있다고 생각했지. 그리는 게 좋기도 했고. 그해 여름, 이 그림을 그렸던 때를 기억해. 우리의 관계가 바뀌면서 매일 붓질이 더해졌고 그림도 바뀌었지. 어쩌다 그리기 시작했는지, 어떤 그림을 완성하고 싶었는지 기억나지 않지만 어떻게 하다 보니 이렇게 발전했더라.

그해 여름에 집으로 돌아가고 나서도 그림을 멈출 수가 없었어. 이별의 고통을 피하기 위한 나만의 방식이었던 것 같아. 여하튼 그림을 놓을 수가 없어서 결국 대학에서 미술을 전공하게 됐지. 작업실에서 혼자 몇 시간 동안 그림을 그리는데 매 순간 얼마나 즐거웠는지 몰라. 난 창작이 주는 해방감이, 아름다운 것을 창조하고자 하는 욕구가 꿈틀대는 게 좋았어. 졸업하기 직전, 신문에 미술 평론을 기고하던 교수님이 내게 재능이 다분하다고 말해주셨지. 되든 안 되든 화가에 도전해보라면서. 하지만 그 말을 듣지 않았어."

앨리는 그 부분에서 말을 멈추고 생각을 가다듬었다.

"부모님은 나 같은 사람이 그림으로 밥벌이를 하는 게 어울리지 않는다고 생각했어. 얼마 후에 그림을 관뒀고 몇 년 동안 붓을 잡지도 않았어."

앨리가 그림을 빤히 쳐다보았다.

"다시 그릴 생각은 없어?"

"이제 와서 할 수 있을지 모르겠어. 손을 놓은 지 너무 오래돼서."

"아직 할 수 있어, 앨리. 할 수 있다는 거 알아. 네겐 손끝이 아니라 내면에서, 가슴속에서 우러나오는 재능이 있어. 그건 절대 사라지지 않아. 다른 사람들은 가지고 싶어도 못 가지는 재능이야. 넌 화가야, 앨리."

노아의 말에서 진심이 느껴졌다. 그냥 듣기 좋으라고 하는 말이 아님을 앨리는 알았다. 노아는 정말로 앨리의 능력을 믿었고 왜인지 그 사실이 생각보다 그녀에게 큰 의미를 주었다. 그런데 그때 다른 무언가가, 훨씬 강력한 어떤 감정이 생겨났다.

이유는 알 수 없지만 그 순간 앨리가 고통을 즐거움으로부터 떼어놓기 위해 인생에 만들어놓은 큰 틈새가 좁아지기 시작했다. 앨리는 그녀가 눈치챈 것보다 더 많은 일이 벌어졌다는 걸 은연중에 짐작했다.

하지만 그 순간에는 그것을 완전히 인지하지 못했다. 앨리는 몸을 돌려 노아를 바라보았다. 그 많은 세월이 흘렀는데도 어찌된 일인지 노아가 그녀가 듣고 싶었던 말을 정확히 알고 있다는 것에 놀라며 그의 손을 주저하듯 조심스럽게 잡았다. 그들의 시선이 마주치자 앨리는 노아가 얼마나 특별한 사람인지 또 한 번 깨달았다.

그리고 여름 밤하늘 아래 반딧불이가 불빛을 깜빡이는 것만큼 아주 짧은 시간, 그 찰나의 순간에 자신이 또다시 사랑에 빠진 건 아닐까 하는 의문이 스쳤다.

부엌에서 타이머가 **땡** 하고 작게 울리자 노아가 조금 전까지의 묘한 분위기를 깨면서 돌아섰다. 앨리의 두 눈이 그가 간절히 듣고 싶었던 말을 속삭이고 있었지만 노아의 머릿속에는 그 목소리, 다른 남자에 대한 사랑을 털어놓던 앨리의 목소리가 계속 맴돌았다. 노아는 나지막이 타이머를 저주하며 부엌으로 걸어가 오븐에서 빵을 꺼냈다. 그러다 손가락을 델 뻔하고 빵 덩어리를 조리대에 떨어뜨렸다. 프라이팬이 달궈진 것이 보였다. 채소를 넣자 튀겨지는 소리가 들렸다. 그런 뒤 노아는 혼자 중얼거리며 냉장고에서 버터를 꺼내 빵에 바른 다음 게를 찌는 냄비에도 조금 넣었다.

앨리가 노아를 따라 부엌으로 들어오더니 헛기침을 했다.

"내가 식탁을 차릴까?"

노아가 빵칼을 지시봉처럼 사용했다. "좋지. 접시는 저쪽에 있어. 주방 용품과 냅킨은 저기에 있고. 냅킨은 많이 가져와. 게를 먹을 때 지저분해지니 필요할 거야." 노아가 앨리를 보지 않고 말했다. 조금 전 그들 사이에 일어난 기류를 느낀 그의 판단이 잘 못됐다는 걸 깨닫고 싶지 않았다. 그것이 오해가 아니었으면 싶었다.

앨리도 그 순간을 생각했다. 그러자 마음이 따뜻해졌다. 식탁에 놓을 접시, 수저 세트, 소금, 후추와 같은 물건들을 찾으면서도 노아가 했던 말이 머릿속에서 도돌이표를 그렸다. 상차림을 다 끝냈을 때 노아가 앨리에게 빵을 건네면서 서로의 손가락이 잠시 스쳤다.

노아는 다시 프라이팬으로 주의를 돌리고 채소를 뒤적거렸다. 이어서 찜통 뚜껑을 열고 요리가 완성되려면 아직 시간이 좀 더 필요한 것을 확인하고는 잠깐 그대로 두었다. 마음이 비교적 차분해지자 노아는 편히 이야기할 수 있는 한담을 시작했다.

"게는 먹어봤어?"

"두어 번. 하지만 전부 샐러드였어."

노아가 웃었다. "그렇다면 모험을 하는 거네. 잠시만 기다려." 2층으로 올라간 노아는 군청색 셔츠를 가지고 나타나 단추를 풀어주었다.

"여기, 이거 입어. 원피스에 튀면 안 되니까."

앨리는 옷을 걸치고 셔츠에 남아 있는 냄새를 맡았다. 그만의 자연스럽고 독특한 냄새가 났다.

"걱정 마." 노아가 그녀의 표정을 보고 말했다. "깨끗해."

앨리가 웃었다. "알아. 우리가 처음 데이트했던 날이 생각나서. 그날 밤에 네가 재킷을 벗어줬잖아, 기억나?"

노아가 고개를 끄덕였다. "응, 기억나. 핀과 세라도 함께였지. 너희 집으로 돌아가는 내내 핀이 팔꿈치로 나를 쿡쿡 찔러댔어, 네 손을 잡으라면서."

"그런데 안 잡았지."

"맞아." 노아가 고개를 끄덕이며 답했다.

"왜?"

"부끄러워서가 아니었을까. 아니면 두려웠거나. 모르겠어. 그냥 그땐 그러면 안 될 것 같았어."

"지금 생각해보니 수줍어했던 것 같아."

"난 '조용한 자신감'이라고 표현하고 싶은데." 노아가 한쪽 눈을 찡긋하자 앨리가 웃었다.

채소와 게 요리가 거의 동시에 준비됐다. "조심해, 뜨거우니까." 노아가 음식을 건네며 말했다. 그들은 작은 나무 식탁에 서로 마주 보고 앉았다. 그때 조리대 위에 차를 놓아둔 것을 깨달은 앨리가 일어나 가져왔다. 노아는 접시에 채소와 빵을 놓은 다음 게를 올렸고 앨리는 앉아서 그 모습을 빤히 쳐다보았다.

"벌레처럼 생겼어."

"하지만 좋은 벌레야." 노아가 말했다. "자, 어떻게 먹는지 보여줄게."

노아는 재빨리 시범을 보이며 먹기 쉽도록 살을 발라 앨리의 접시 위에 놓았다. 앨리는 처음에 이어 두 번째에도 다리를 아주 세게 으스러뜨렸고, 그 바람에 살에서 껍질을 떼어내기 위해 손가락을 사용할 수밖에 없었다. 처음에는 손놀림이 서툴러서 노아가 그녀의 실수를 볼까 봐 걱정됐지만 금방 그것이 혼자만의 불안임을 깨달았다. 노아는 그런 것에 신경 쓰는 사람이 아니었다. 단 한 번도 그런 적이 없었다.

"그러면 핀은 어떻게 됐어?" 앨리가 물었다.

노아가 잠시 뜸을 들이더니 대답했다.

"전사했어. 43년에 녀석이 타고 있던 구축함에 어뢰가 날아들었어."

"미안해." 앨리가 말했다. "네 절친한 친구였던 거 알아."

노아의 목소리가 살짝 저음으로 변했다.

"그랬지. 요즘 그 녀석 생각이 부쩍 나. 특히 마지막으로 봤던 때가. 입대하기 전에 마지막 인사를 하러 고향에 들렀다가 녀석과 우연히 마주쳤지. 자기 아버지처럼 이곳에서 은행원으로 일하고 있었거든. 둘이서 한 주 내내 많은 시간을 보냈어. 때로는 녀석이 입대하도록 만든 게 내가 아닐까 하는 생각이 들어. 내가 입대한다고 하지 않았으면 녀석도 안 했을 테니까."

"말도 안 돼." 앨리가 그 주제를 꺼낸 것을 미안해하며 말했다.

"맞아. 그냥 녀석이 그리워, 그래서 그래."

"나도 핀을 좋아했어. 그 애 덕분에 많이 웃었는데."

"웃기는 재주가 탁월했지."

앨리가 노아를 능글맞게 쳐다보았다. "나한테 반했었는데. 알려나 모르겠지만."

"알아. 녀석이 말해줬어."

"그래? 뭐라고 했는데?"

노아가 어깨를 으쓱했다. "별말 아니었어. 너를 억지로 떼어내야 했다느니, 네가 죽자고 쫓아다녔다느니, 그런 것들."

앨리가 나직이 웃었다. "그 말을 믿었어?"

"당연하지." 노아가 답했다. "왜 안 믿겠어?"

"가재는 게 편이라더니." 앨리가 식탁 너머로 손을 뻗어 손가락으로 노아의 팔을 쿡 찌르며 말했다. 그리고 말을 이었다. "자, 우리가 마지막으로 본 이후로 어떻게 지냈는지 하나도 빠짐없이 털어놔 봐."

그들은 이야기꽃을 피우며 잃어버린 시간을 메우기 시작했다. 노아는 뉴번을 떠난 일, 조선소와 뉴저지의 고철 처리장에서 근무한 일을 들려주었다. 모리스 골드만에 대해선 애정을 담아 이야기했으나 전쟁에 대해선 자세한 부분은 빼고 대강 설명했다. 아버지 이야기와 그가 얼마나 그리운지도 털어놓았다. 앨리는 대학에 가서 그림을 그리고 병원에서 자원봉사를 했던 일을 들려주었다. 가족과 친구들, 그녀가 참여한 자선단체에 대해서도 늘어놓았다. 둘다 그들이 헤어진 후 데이트했던 사람들에 관해선 일언반구도 하지 않았다. 심지어 론도 언급하지 않았다. 두 사람 다 생략된 부분을 눈치챘지만 입 밖으로 꺼내지 않았다.

　그 후 앨리는 론과 이렇게 대화를 나눈 마지막 순간이 언제였는지 떠올리려고 애썼다. 그는 앨리의 말을 귀담아들었고 서로 다투는 일도 드물었지만 론은 이런 식으로 대화하는 부류가 아니었다. 그의 아버지와 마찬가지로 론은 자신의 생각과 감정을 공유하는 것을 불편해했다. 앨리가 론에게 좀 더 가까워지고 싶다고 했지만 달라지는 건 없었다.

　그런데 지금 이곳에 앉아 있으니 그녀가 그리워하던 게 뭔지 알 수 있었다.

　밤이 깊어지며 하늘은 점점 어두워졌고 달은 더 높이 떠올랐다. 그리고 누구도 의식하지 못한 사이 두 사람이 한때 공유했던 허물없는 친밀함이 다시 살아나기 시작했다.

　만족스러운 식사가 끝나고 둘의 대화는 어느새 잠잠해졌다. 시계를 본 노아는 시간이 꽤 지난 걸 확인했다. 별이 밤하늘을 가득히 수놓았고 귀뚜라미 소리는 조금 더 잦아들었다. 앨리와의 대화는 즐거웠지만 그가 말을 너무 많이 한 건 아닌지, 그녀가 그의 삶에 대해 어떻게 생각할지 궁금했다. 대화를 하면서 어떻게든 상황이 조금이라도 변했으면 싶었다.

　노아가 일어나서 찻주전자에 다시 물을 채웠다. 두 사람은 싱크대에 접시를 갖다놓은 뒤 식탁을 치웠고, 노아는 또 한 번 컵 두 잔에 뜨거운 물을 붓고 티백을 넣었다.

"다시 테라스로 갈까?" 노아가 컵을 건네며 묻자 앨리가 먼저 걸음을 옮겼다. 노아는 앨리가 추워할 경우를 대비해 누비이불을 집어 들었고 곧 그들은 제자리에 앉았다. 앨리는 무릎 위에 이불을 놓은 채 흔들의자를 움직였다. 노아는 곁눈으로 앨리를 보며 생각했다. '세상에, 아름다워.' 그러자 가슴이 아려왔다.

저녁 식사를 하는 동안 뭔가가 벌어진 것이다.

간단히 말해 노아는 또다시 사랑에 빠졌다. 앨리와 나란히 앉아 있으면서 그 사실을 알아챘다. 단지 기억 속의 앨리가 아니라 새로운 앨리를 사랑하게 되었음을.

그렇지만 사실 단 한순간도 앨리를 사랑하지 않은 적이 없었다. 노아는 이것이 운명임을 깨달았다.

"멋진 밤이었어." 노아가 좀 더 부드러운 목소리로 말했다.

"응, 맞아." 앨리가 말했다. "끝내주는 밤이었어."

노아는 별을 향해 고개를 돌렸다. 반짝이는 별빛을 보자 앨리가 곧 떠날 거라는 생각에 마음이 공허해졌다. 영원히 끝나지 않았으면 하는 밤이었다. 앨리에게 어떻게 말해야 할까? 뭐라고 말해야 앨리를 붙잡을 수 있을까?

노아는 알지 못했다. 그래서 결국 아무 말도 않기로 결론을 내렸다. 그때 노아는 자신이 실패했음을 알았다.

흔들의자가 조용히 리듬을 타며 움직였다. 다시, 박쥐들이 강

위를 날아다녔다. 나방들이 테라스 조명에 입을 맞췄다. 어딘가에서는 사람들이 사랑을 나누고 있을 터였다.

"읊어줘." 앨리가 마침내 입을 열었다. 목소리가 관능적이었다. 아니면 마음이 농간을 부려 그렇게 들린 걸까?

"뭐를?"

"떡갈나무 아래서 읊어준 것처럼."

그래서 노아는 그 밤을 위해 건배하며 드문드문 기억나는 구절들을 읊었다. 휘트먼과 토머스는 이미지가 좋아서였다. 테니슨과 브라우닝✤은 주제가 몹시 친숙해서였다.

앨리는 흔들의자 등받이에 머리를 기댄 채 눈을 감았고 낭송이 끝날 때 즈음에는 마음이 조금 더 따스해졌다. 단지 시 때문도, 노아의 목소리 때문도 아니었다. 모든 것이 그렇게 만들었다. 전체가 부분의 합보다 훨씬 컸다. 앨리는 그것을 분해하려고 애쓰지도, 그러고 싶지도 않았다. 그렇게 들어서는 안 됐기 때문이다. 앨리는 시가 분석되기 위해 쓰이는 것이 아니라고 생각했다. 시는 까닭 없이 영감을 일으키는 것, 알 수 없이 감동을 주는 것이었다.

노아 덕분에 앨리는 대학생 시절 영문학과에서 주최한 시 낭송회에 몇 번 참석했었다. 그곳에 앉아 다양한 사람들의 다채로운

✤ 로버트 브라우닝. 빅토리아 왕조 시대를 대표하는 영국의 시인이자 극작가.

시 낭송을 들었지만 금방 발길을 끊었다. 영감을 주는 사람도, 진정한 시 애호가처럼 영혼이 고양된 사람도 없어 보여 낙담한 탓이었다.

그들은 잠시 말없이 앉아 차를 마셨고 의자를 앞뒤로 흔들면서 사색에 잠겼다. 앨리를 이곳에 오게 만든 충동은 사라졌지만—그건 기뻤다—그 자리를 대신한 감정이, 패닝 접시✛에 담긴 사금처럼 온몸을 통과하며 소용돌이치기 시작한 흥분이 두려웠다. 감정을 부인하고 숨기려 노력해왔지만 이젠 그런 감정이 멈추지 않길 바란다는 것을 깨달았다. 이런 기분을 느낀 건 수년 만이었다.

론은 이런 감정을 불러일으키지 못했다. 이전에도 못 했고 아마 앞으로도 못 할 터였다. 어쩌면 그래서 그와 잠자리를 하지 않은 것인지도 몰랐다. 론이 꽃다발부터 죄책감까지 온갖 방법을 총동원해 수차례 관계를 시도했지만 앨리는 늘 결혼할 때까지 기다리고 싶다는 변명을 늘어놓았다. 대개는 잘 받아들여졌는데 이따금 론이 노아에 대해 알게 되면 얼마나 상처받을까 걱정됐다.

한편 앨리가 그 일을 뒤로 미루고 싶었던 데는 또 다른 이유가 있었다. 그건 론과 관계된 것이었다. 론은 일에 빠져 살았고 언제나 일이 대부분의 관심을 차지했다. 일이 1순위였으므로 시를 읽을 시간도, 테라스 흔들의자에 앉아 저녁나절을 한가로이 보낼 시

✛ 사금을 채취하기 위한 장비로 흙을 물과 함께 넣고 돌려서 흘려보내면 비중이 무거운 금만 남는다.

간도 없었다. 물론 그것이 론이 성공한 이유라는 걸 알았고, 한편으로는 그런 점에서 그를 존경했다. 하지만 그것으론 충분하지 않다는 것도 알았다. 앨리는 그게 아닌 다른 무언가를, 그보다 많은 무언가를 원했다. 어쩌면 열정과 낭만일 수도, 촛불이 일렁이는 방 안에서 조곤조곤 대화를 나누는 것일 수도, 2순위가 되지 않는 것처럼 단순한 일일 수도 있었다.

노아 역시 그의 생각을 곰곰이 들여다보았다. 그날 저녁은 노아가 살면서 보낸 가장 특별한 시간 중 하나로 기억될 터였다. 노아는 의자를 앞뒤로 흔들며 그날 저녁을 낱낱이 기억하고 또 기억했다. 앨리가 한 모든 행동이 왠지 모르게 도발적이고 강렬하게 다가왔다.

앨리 옆에 앉아 있으니 떨어져 있던 시간 동안 그녀도 똑같은 것들을 꿈꿨는지 궁금해졌다. 앨리도 다시 서로를 끌어안고 부드러운 달빛을 받으며 입맞춤하는 순간을 꿈꿨을까? 아니면 거기서 더 나아가 너무 오랫동안 따로 떨어져 지내온 서로의 벌거벗은 몸을 꿈꿨을까….

노아는 별을 바라보며 그들이 헤어진 후 보낸 수천 번의 공허한 밤들을 생각했다. 앨리를 다시 만나자 그 모든 감정이 표면으로 올라와 억누르기 힘들었다. 그녀와 다시 사랑을 나누고 싶었고 그녀의 사랑을 되찾고 싶었다. 그것이 세상에서 노아가 가장 원하는 일이었다.

하지만 절대 그렇게 될 수 없었다. 앨리는 이미 약혼한 몸이었다.

앨리는 노아의 침묵으로 그가 그녀에 대해 생각하고 있다는 것을 알았다. 그 사실에 기분이 좋았다. 노아가 무슨 생각을 하는지 정확히 알지도 못했고 사실 신경 쓰지도 않았다. 아는 건 그녀에 대해 생각하고 있다는 것뿐이었지만 그것으로 충분했다.

앨리는 저녁 식사 때 나눈 대화를 떠올리며 외로움에 관해 생각했다. 어째선지 노아가 다른 사람에게 시를 읽어주는 것도, 다른 여자와 그의 꿈을 공유하는 것도 그려지지 않았다. 노아는 그런 부류가 아닌 것 같았다. 아니면 그렇게 믿고 싶었거나.

앨리가 찻잔을 내려놓고 눈을 감은 채 양손으로 머리칼을 쓸었다.

"피곤해?" 이윽고 생각에서 벗어난 노아가 물었다.

"조금. 이제 정말 집에 가야겠어."

"그래." 노아가 무덤덤한 말투로 고개를 끄덕였다.

앨리는 바로 일어서는 대신 컵을 집어 들고는 목구멍으로 따뜻한 기운이 느끼며 마지막 한 모금을 마셨다. 그렇게 그 밤을 들이켰다. 달은 더 높이 솟았고 바람이 숲을 흔들었으며 기온은 쌀쌀했다.

이어서 앨리는 노아를 쳐다보았다. 옆에서 보니 얼굴에 상처가 있었다. 전쟁에서 얻은 상처일지 생각하다 노아가 부상을 당했던 건 아닐까 궁금해졌다. 노아가 그 부분은 언급한 적이 없어서 앨리도 묻지 않았다. 가장 큰 이유는 노아가 다친 모습을 상상하기 싫어서였다.

"가야겠어." 앨리는 이불을 건네며 마침내 입을 열었다.

노아는 고개를 끄덕이고 말없이 일어섰다. 노아가 이불을 들었고 두 사람은 발밑으로 낙엽을 바스락거리며 앨리의 차로 걸어갔다. 차 문을 연 노아에게 앨리가 빌린 셔츠를 벗어주려는데 그가 말렸다.

"그냥 가져." 노아가 말했다. "네가 가졌으면 좋겠어."

앨리 역시 간직하고 싶었기 때문에 왜냐고 묻지 않았다. 앨리는 셔츠를 고쳐 입고 한기를 물리치려 팔짱을 꼈다. 그렇게 서 있는데 왜인지 몰라도 고등학생 시절 무도회가 끝나고 집 앞 현관에 서서 입맞춤을 기다리던 때가 떠올랐다.

"오늘 너무 즐거웠어." 노아가 말했다. "찾아와줘서 고마워."

"나도 그래." 앨리가 답했다.

노아는 용기를 끌어모았다. "내일도 볼 수 있을까?"

간단한 질문이었다. 인생이 복잡해지지 않으려면 어떻게 대답해야 하는지 앨리는 알았다. 그러면 안 될 것 같아, 라고만 하면 됐다. 그럼 바로 지금 이곳에서 끝날 터였다. 하지만 앨리는 잠시 아무 말도 하지 않았다.

선택이란 악마가 앨리를 똑바로 마주한 채 덤비며 괴롭혔다. 왜 그렇게 말할 수 없는 걸까? 앨리도 알지 못했다. 답을 찾으려 노아의 두 눈을 바라보다가 한때 그녀가 사랑에 빠졌던 남자를 발견하고 순간 모든 게 명확해졌다.

"좋아."

노아는 깜짝 놀랐다. 앨리가 그렇게 답할 거라고는 예상하지 못했다. 그 순간 그녀를 만지고 두 팔로 껴안고 싶었지만 노아는 그러지 않았다.

"정오쯤에 올 수 있어?"

"알았어. 뭘 할 건데?"

"와보면 알아." 노아가 답했다. "갈 곳이 있어."

"내가 전에 가본 곳이야?"

"아니, 하지만 특별한 곳이야."

"어딘데?"

"깜짝 선물이야."

"내가 좋아할까?"

"엄청 좋아할 거야." 그가 말했다.

노아가 키스할 기회를 잡기 전에 앨리가 몸을 돌렸다. 키스를 시도할지 알 수 없었지만 만약 한다면 왠지 그를 멈추기 매우 힘들 것 같았다. 머릿속이 너무 복잡해서 지금 당장은 그런 상황을 감당할 수 없었다. 앨리는 안도의 한숨을 쉬면서 운전석으로 미끄러져 들어갔고 노아가 문을 닫아주자 시동을 켰다. 차가 공회전하는 동안 앨리가 창문을 살짝 내렸다.

"내일 봐." 인사를 건네는 앨리의 두 눈에 달빛이 비쳤다.

차를 뒤로 빼자 노아가 손을 흔들었다. 앨리는 차를 돌려서 길을 올라간 뒤 마을 쪽으로 향했다. 노아는 자동차 불빛이 저 멀리 떡갈나무 뒤로 사라지고 엔진 소음이 들리지 않을 때까지 지켜보았다. 클렘이 어슬렁어슬렁 다가오자 노아는 쪼그리고 앉아 클렘의 발이 닿지 않는 목 부분을 열심히 긁으며 쓰다듬어주었다. 그런 뒤 마지막으로 길을 올려다본 다음 다시 테라스로 돌아왔다.

노아는 다시 흔들의자에 앉았다. 이번에는 혼자였다. 다시 한번 막 지나간 저녁 시간의 의미를 헤아리려고 애썼다. 그 시간을 생각하고, 재생하고, 다시 보고, 다시 듣고, 느린 화면으로 재현했다. 이젠 기타를 치고 싶지도, 책을 읽고 싶지도 않았다. 어떤 기분인지 알 수 없었다.

"약혼한 몸이잖아." 이윽고 노아는 낮게 중얼거리곤 몇 시간 동안 침묵에 빠졌다. 들리는 건 그의 흔들의자 소리뿐이었다. 밤은 적막했고 클렘이 가끔 다가와 "괜찮아?" 하고 묻기라도 하듯 그를 확인하는 것 외엔 별다른 움직임도 없었다.

10월의 청명한 그날 밤 자정이 넘은 시각, 온갖 감정이 가슴속으로 밀려들어 노아는 갈망에 휩싸였다. 누군가 노아를 발견했다면 겨우 몇 시간 만에 한평생을 늙어버린 노인을 봤다고 할지도 몰랐다. 흔들의자에 몸을 굽히고 앉아 양손으로 얼굴을 감싼 채 울음을 터트리고 있는 사람을.

노아는 눈물을 멈출 수가 없었다.

전화

론은 전화를 끊었다.

7시에, 이어서 8시에도 전화를 걸었다. 다시 시계를 확인하니 9시 45분이었다.

그녀는 어디에 있을까?

조금 전 지배인과 통화한 덕에 그녀가 있겠다고 한 곳에 있다는 건 알았다. 그래, 체크인도 했고 지배인이 저녁 6시 무렵 그녀를 마지막으로 본 것도 맞다. 지배인은 그녀가 저녁 식사를 하러 갔다고 생각했다. 하지만 아니었다. 그 후로 그녀를 보지 못한 걸 보면.

론은 고개를 저으며 의자 등받이에 등을 기댔다. 평소처럼 마지막까지 남아 홀로 사무실을 지키고 있던 터라 주변이 고요했다.

재판이 순조롭게 진행된다 해도 맡고 있는 사건이 있을 때는 으레 그러했다. 법은 론이 열정을 쏟는 분야였고, 늦은 시간에 혼자 일을 하면 누구의 방해도 받지 않고 못다 한 일을 할 수 있었다.

론은 그가 관련 법에 훤한 데다 배심원의 마음까지 사로잡은 탓에 승소할 거라는 걸 알았다. 언제나 재판에서 이겼고 이제 지는 일은 드물었다. 승소할 가능성이 높다고 판단되는 사건을 고를 수 있다는 점도 한몫했다. 자신의 분야에서 그 정도 수준까지 입지를 다진 터였다. 시내의 뛰어난 변호사 몇 명만이 그 정도 위상을 누렸으며 론의 수입은 그런 그의 위치를 반영했다.

하지만 론의 성공에 가장 큰 기여를 한 것은 근면함이었다. 특히 개업을 하면서부터 론은 늘 세세한 부분에 주의를 기울였다. 사소한 일들, 눈에 크게 띄지 않는 부분들을 잘 챙겼고 결국은 그것이 습관이 되었다. 법률문제를 다룰 때든 변호를 할 때든 열심히 연구한 덕분에 지는 게 당연한 업무 초창기에 몇 가지 사건에서 승소하기도 했다.

그런데 지금은, 별것 아닌 사소한 문제가 론을 괴롭혔다.

사건이 아니었다. 아니, 일은 아무 문제가 없었다. 다른 문제였다.

앨리에 관한 것이었다.

하지만 젠장, 그게 무엇인지 딱 꼬집을 수 없었다. 오늘 아침 앨리가 떠날 때만 해도 괜찮았다. 적어도 그렇다고 생각했다. 그런데 앨리에게 전화하고 얼마 후, 아마도 한 시간쯤 뒤, 뭔가가 불쑥 떠올랐다. 별것 아닌 사소한 문제였다.

사소한 문제.

대수롭지 않은 걸까? 아니면 중요한 걸까?

생각하자… 생각하자… 젠장, 뭐였더라?

뭔가 느낌이 왔다.

뭐더라… 뭐더라… **누가 했던 말?**

누군가에게서 들은 말? 그래, 그거였다. 그게 맞았다. 근데 무슨 말이더라? 앨리가 전화로 무슨 말을 했었나? 대화가 시작될 때부터 이미 기분이 찜찜했다. 론은 그들의 대화를 되짚어보았다. 아니, 특별한 건 없었다.

하지만 그 통화와 관련이 있다고 론은 확신했다.

앨리가 뭐라고 했더라?

편안한 여정이었고, 체크인을 했고, 쇼핑을 조금 했다. 그러면서 전화번호를 남겼다. 그게 다였다.

론은 앨리에 대해 생각했다. 앨리를 사랑했다. 그 부분은 의심의 여지가 없었다. 앨리는 아름답고 매력적일 뿐 아니라 그의 안정감의 원천이자 절친한 친구였다. 일터에서 고된 하루를 보낸 후론이 제일 먼저 전화하는 사람이 그녀였다. 앨리는 그의 말에 귀 기울여주고, 적절한 순간마다 웃어줬으며, 그가 듣고 싶어 하는 말이 무엇인지 직감적으로 알았다.

그렇지만 무엇보다도 론은 앨리의 솔직함이 좋았다. 앨리와 몇 차례 데이트를 하고 나서 론은 과거 데이트한 모든 여자에게 했던 말을 그녀에게도 똑같이 했다. 지속적인 관계를 맺을 준비가 되지 않았다는 말이었다. 그러나 다른 여자들과 달리 앨리는 그저 고개를 끄덕이며 "그러시구나"라고 답했다. 그런 뒤 문을 나서다가 몸을 돌리고는 이렇게 덧붙였다. "그런데 당신의 문제는 나나 당신의 일, 당신의 자유, 당신이 생각하는 그 무엇과도 관련이 없어요. 당신의 문제는 당신이 혼자라는 거예요. 아버지가 집안을 일으킨 까닭에 아마 평생 아버지와 비교당하며 살았을 거예요. 단 한 번도 자기 자신으로 산 적이 없었던 거죠. 그런 인생은 내면이 공허해요. 그래서 당신은 그 빈 곳을 마법처럼 채워줄 누군가를 찾고 있는 거예요. 하지만 어느 누구도 채워줄 수 없어요, 당신 외에는."

그 말이 그날 밤 가슴을 떠나지 않았고 다음 날 아침 그게 진실이라는 것을 깨달았다. 론은 앨리에게 다시 전화를 걸어 두 번째 기회를 달라고 부탁했고 끈질긴 설득 끝에 그녀의 승낙을 얻어냈다.

4년 동안 연애하면서 앨리는 론이 바라는 전부가 되었다. 론도 앨리와 더 많은 시간을 보내야 한다는 것을 알았다. 하지만 변호사 업무를 하면서 적당히 일하는 건 불가능했다. 앨리가 늘 이해해주긴 했지만 그럼에도 론은 시간을 내지 못하는 자신을 꾸짖었다. 일단 결혼을 하고 나면 업무 시간을 줄이리라 결심했다. 일을 지나치게 많이 하지 않도록 비서에게 스케줄을 체크하게 할 생각이었다….

체크하다…?

그때 또 한 번 마음이 움찔했다.

체크하다… 체크하다… **체크인하다?**

론은 천장으로 시선을 돌렸다. 체크인을 해?

그래, 그거야. 론은 눈을 감고 잠시 생각했다. 아니, 그게 아니야. 그러면 뭐지?

이봐, 잘 좀 해봐. 생각해, 제길, 생각하라고.

뉴번.

바로 그때 생각이 불쑥 떠올랐다. 그래, 뉴번. 그거였다. 별것 아닌 사소한 정보, 아니면 정보의 일부. 그런데 또 뭐가 있더라?

뉴번이라, 론은 다시 생각했다. 아는 지역이었다. 전에 맡았던 사건들 때문에 그 마을에 대해 조금은 알았다. 해안으로 가는 길에 몇 번 들른 적도 있었다. 특별한 점은 없었다. 앨리와 함께 가보지는 못했다.

하지만 앨리는 전에 그곳에 간 적이 있었다….

톱니바퀴가 탁 맞물리며 또 다른 부분이 합쳐졌다.

또 다른 부분이… 그런데 그게 다가 아니었다….

앨리, 뉴번… 그리고… 그리고… 파티에서 뭔가를 들었는데.

앨리의 엄마가 지나가듯 했던 말이었다. 그땐 대수롭지 않게 여겼다. 근데 뭐라고 했더라?

기억이 떠오르며 론의 안색이 창백해졌다. 아주 오래전에 들은 말이, 앨리의 엄마가 했던 말이 생각났다.

앨리가 한때 뉴번 출신의 청년과 사랑에 빠졌다는 이야기였다. 앨리의 엄마는 그것을 풋사랑이라고 불렀다. 그 말을 들었을 땐 그게 어때서, 라고 생각하며 앨리를 보고 웃었다.

하지만 앨리는 웃지 않았다. 화가 나 있었다. 그때 론은 그녀의 엄마가 말한 것보다 앨리가 그 사람을 훨씬 많이 사랑한 것 같다고 짐작했다. 어쩌면 론을 사랑하는 것보다 훨씬 사랑한지도 몰랐다.

그런데 지금 앨리가 그곳에 있다. 흥미로운 일이었다.

론은 기도라도 하듯 양손을 붙인 채 입술에 갖다 댔다. 우연의 일치겠지? 아무 일도 아닐 거야. 앨리가 말한 그대로겠지. 스트레스가 심해서 골동품 쇼핑을 갔을 거야. 가능한 일이었다. 그럴듯한 이야기기도 했다.

그런데… 그런데… 만약?

론은 다른 가능성을 생각해보았다. 모처럼 겁이 났다.

만약? 만약 앨리가 그와 함께 있다면?

론은 재판이 끝나지 않은 상황을 저주했다. 앨리와 함께 갔어야 했다. 앨리가 진실을 말했을까 하는 의문이 들면서 부디 진실이길 기도했다.

그러면서 앨리를 잃지 않겠다고 다짐했다. 앨리를 지키기 위해서라면 뭐든지 할 것이다. 앨리는 론이 늘 필요로 하던 전부였고 그녀와 같은 사람은 절대 찾지 못할 터였다.

그래서 론은 떨리는 손으로 그날 저녁 네 번째이자 마지막 전화를 걸었다.

그렇지만 이번에도 응답은 없었다.

카약과 잊고 있던 꿈

이튿날 앨리는 찌르레기의 쉼 없는 지저귐에 아침 일찍 강제로 일어났다. 두 눈을 비비는데 온몸이 뻐근했다. 꿈만 꾸면 잠에서 깨어 숙면을 취하지 못했다. 앨리는 시간의 흐름을 확인이라도 하듯 밤 동안 시곗바늘의 위치가 달라지는 걸 봤던 게 떠올랐다.

노아가 준 부드러운 셔츠를 입은 채 잠에 든 터였다. 앨리는 노아와 함께 보낸 저녁을 생각하며 다시 한번 그의 냄새를 맡았다. 소탈한 웃음과 대화가 되살아났다. 노아가 그녀의 그림에 대해 해준 말이 유독 생생했다. 전혀 예상치 못했지만 힘이 되는 말이었다. 그 말들이 재생되기 시작하자 노아를 다시 만나기로 결심하지 않았다면 정말 후회했을 거라는 생각이 들었다.

앨리는 창밖으로 이른 아침 햇살 속에서 새들이 지저귀며 먹이를 찾는 모습을 지켜보았다. 노아가 늘 자기만의 방식으로 새벽을 맞이하는 아침형 인간이라는 걸 알았다. 그는 카약과 카누를 좋아했다. 한번은 새벽에 노아와 함께 카누를 타고 나가 해가 솟는 광경을 바라보기도 했다. 부모님이 허락하지 않을 게 뻔해서 창밖으로 몰래 빠져나갔는데 걸리지 않았다. 앨리는 동이 틀 무렵 노아가 그녀를 한 팔로 안고 가까이 끌어당기던 것을 기억했다. "저기 좀 봐." 노아가 속삭였다. 노아의 어깨에 머리를 기댄 채 난생처음 해돋이를 보는데, 그 순간 어떤 일이 벌어져도 이보다 더 좋을 수는 없겠다는 생각이 들었다.

앨리는 샤워를 하기 위해 침대에서 나왔다. 발 아래로 차가운 바닥을 느끼면서 오늘 아침에도 노아가 강 위에서 또 다른 하루가 시작되는 광경을 지켜보았을지 생각했다. 왠지 그랬을 것 같았다.

앨리의 짐작이 맞았다.

노아는 동트기 전 일어나 어젯밤과 똑같은 청바지, 속셔츠, 깨끗한 플란넬 셔츠, 푸른 재킷, 부츠를 재빨리 걸쳤다. 이를 닦고 아래층으로 내려가 급하게 우유 한 잔을 마신 뒤 문을 나서는 길에 비스킷 두 개를 집었다. 클렘이 침이 흥건하도록 그를 두 번 핥으며 맞아주었다. 클렘의 인사를 받은 노아는 카약이 보관돼 있는 부두로 걸어갔다. 노아는 강의 마법을 경험하는 게, 근육의 긴장을 풀고 몸을 덥히고 머리를 비우는 게 좋았다.

강물 위를 숱하게 노닐어 물때가 낀 낡은 카약이 따개비류가 들러붙지 않도록 부두의 수위선 바로 위 녹슨 고리 두 개에 걸려 있었다. 노아는 카약을 고리에서 들어 발치에 놓고서는 신속히 점검하고 둑으로 가져갔다. 그리고 오랫동안 다져온 솜씨를 발휘해 몇 가지 동작을 취하더니 그 자신이 조종사이자 엔진이 되어 카약을 상류로 이동시켰다.

살갗에 닿는 공기는 시원하다 못해 상쾌했고 하늘은 다양한 색깔의 희부연 안개로 뒤덮여 있었다. 머리 위쪽은 산꼭대기처럼 검었으나 밑으로 갈수록 오만가지 푸른빛을 띠면서 점점 옅어졌고 수평선에 이르러서는 회색이 그 자리를 대신했다. 노아는 소나무와 짭짤한 물 냄새를 맡으며 수차례 숨을 깊이 들이쉬고는 곰곰이 생각하기 시작했다. 북부에 살면서 가장 그리워한 것 중 하나가 이거였다. 일터에 있는 시간이 길어서 물에서 보낼 여유가 거의 없었다. 캠핑, 하이킹, 강에서 하는 패들링, 데이트, 일… 무언가는 포기해야 했다. 여유 시간이 생기면 주로 두 발로 뉴저지의 시골을 누볐는데 카누나 카약은 한 번도 타지 못했다. 그게 노아가 고향에 돌아왔을 때 제일 먼저 한 일이었다.

강 위에서 새벽을 맞는 일에는 신비롭다고 할 정도로 특별한 뭔가가 있다고 노아는 생각했다. 그래서 이젠 거의 매일 새벽마다 강을 찾았다. 화창하고 맑은 날이든 춥고 매서운 날이든 개의치 않고 머릿속 음악 소리에 리듬을 맞춰 쇳빛 물 위에서 노를 저었다. 거북이 가족은 물에 반쯤 잠긴 통나무 위에서 쉬고 있었고, 왜 가리는 수면 위를 스치듯 내달리다 날아올라 일출 전의 은빛 여명 속으로 사라졌다.

노아는 강 한가운데로 노를 저어 주황색 빛이 수면 위로 펼쳐지는 광경을 바라보았다. 팔에 힘을 빼고 배가 제자리에 있을 정도로만 노를 저으면서 빛이 나무 사이로 비칠 때까지 시선을 떼지 않았다. 노아는 언제나 동틀 녘이면 배를 잠시 멈추었다. 세상이 다시 태어나기라도 하듯 장관을 이루는 순간을 보기 위해서였다. 그러고 나서는 긴장을 털어내고 하루를 준비하며 다시 열심히 노를 저었다.

노를 젓는 동안 프라이팬 위의 물방울처럼 노아의 마음속에서 질문들이 춤을 추기 시작했다. 론은 어떤 사람일까, 둘의 관계는 어떨까. 하지만 무엇보다도 앨리가, 그리고 그녀가 왜 왔는지가 궁금했다.

집에 도착할 때쯤엔 기분이 상쾌해졌다. 노아는 시계를 확인하고 두 시간이 지났다는 사실에 깜짝 놀랐다. 그렇지만 강에선 언제나 시간이 농간을 부렸으므로 몇 달 전 그러한 수수께끼에 대한 의문은 멈춘 터였다.

노아는 카약이 마르도록 고리에 걸고 몇 분 동안 스트레칭을 한 뒤 카누를 보관해둔 창고로 갔다. 카누를 둑으로 가져가 강에서 몇 미터 떨어진 곳에 놓고는 집으로 돌아왔다. 두 다리가 여전히 조금 뻐근했다.

아침 안개가 아직 걷히지 않았다. 다리가 뻐근하다는 건 보통 비가 올 거라는 신호였다. 서쪽 하늘에 두툼하고 묵직한 비구름이 보였다. 아주 멀었지만 있는 건 확실했다. 바람이 거세지는 않아도 비구름을 몰고 오는 중이었다. 모양새를 보니 비구름이 이곳에 왔을 때 야외에 있고 싶지 않았다. 젠장. 시간이 얼마나 남았을까? 몇 시간, 어쩌면 그보다 길 수도 어쩌면 짧을 수도 있었다.

노아는 샤워를 하고 새 청바지와 빨간색 셔츠, 검은색 카우보이 부츠를 걸친 뒤 머리를 빗고선 아래층 부엌으로 내려갔다. 전날 밤 사용한 식기를 설거지하고 집 안을 조금 정돈한 다음 커피를 만들어 테라스로 나갔다. 하늘이 아까보다 어두워서 기압계를 확인했다. 큰 변화는 없었지만 곧 기압이 떨어지기 시작할 터였다. 서쪽 하늘이 그렇게 말해주었다.

일찍이 날씨는 절대 과소평가하면 안 된다는 사실을 배운 터라 야외에 나가는 게 좋은 생각일지 의심스러웠다. 비는 어찌해볼 수 있지만 번개는 다른 문제였다. 특히 물 위에 있을 때는 더 그랬다. 습한 날 번개가 칠 때는 카누에 있어선 안 됐다.

노아는 결정을 나중으로 미루며 커피를 비웠다. 그리고 공구 창고로 가서 도끼를 찾았다. 엄지손가락을 갖다 대 날카로운지 확인한 뒤 숫돌로 갈아 날을 세웠다. "무딘 도끼가 날카로운 도끼보다 위험하다." 아버지의 말씀이었다.

다음 20분 동안은 통나무를 쪼개고 쌓았다. 일은 수월했다. 땀도 흘리지 않고 능숙하게 장작을 팼다. 장작 몇 개는 한쪽으로 치워두었다가 일이 끝나자 안으로 가지고 들어가 벽난로 옆에 두었다.

노아는 앨리의 그림을 또 한 번 쳐다보다가 손을 뻗어 만졌다. 앨리를 다시 봤을 때의 꿈만 같던 기분이 되살아났다. 세상에, 앨리의 어떤 면이 이런 감정을 안겨준 걸까? 앨리가 어떤 힘을 행사했기에 그 많은 세월이 흘렀는데도 이런 기분이 드는 걸까?

노아는 마침내 고개를 흔들며 돌아서서 테라스로 되돌아갔다. 기압계를 재차 확인했지만 아무런 변화가 없었다. 그런 뒤 노아는 시계를 쳐다보았다.

곧 앨리가 도착할 시간이었다.

앨리는 목욕을 마치고 벌써 옷을 갈아입었다. 창문을 열어 기온을 확인하니 날이 춥지 않아 목까지 올라오는 크림색 긴팔 봄 원피스를 입기로 했다. 부드럽고 편안하고 몸에 약간 붙긴 했지만 예뻐 보였다. 원피스에 어울리는 흰색 샌들도 골랐다.

앨리는 시내를 걸으며 아침을 보냈다. 이곳 역시 대공황이 강타했지만 번영이 되살아나려는 조짐이 보였다. 동네에서 가장 오래된 매소닉 극장은 예전보다 허름했지만 여전히 최신 영화 두 편을 상영하고 있었다. 포트 토튼 공원은 14년 전과 달라진 게 하나도 없었고 방과 후 그네를 타는 아이들도 여전했다. 앨리는 세상이 더 단순했던 시절, 적어도 그렇게 보였던 시절을 회상하며 옛 기억에 미소를 지었다.

이젠 어떤 것도 단순해 보이지 않았다. 예전처럼 모든 것이 분명히 이해되는 일이 좀처럼 없었다. 앨리는 신문에서 그 기사를 보지 않았다면 지금 그녀가 무엇을 하고 있을지 생각했다. 일과가 한결같아서 상상하기 그리 어렵지 않았다. 수요일이면 컨트리클럽에서 브리지 게임을 한 다음 주니어 위민스 리그✣로 가서 사립학교나 병원을 위한 또 다른 모금 행사 일을 처리했다. 그 후엔 엄마와 한담을 나누다가 론과 함께 할 저녁 식사를 준비하기 위해 집으로 갔다. 론은 7시까지는 반드시 일을 마쳤는데, 그가 일주일 중 앨리를 규칙적으로 만나는 유일한 저녁이었다.

앨리는 론이 언젠가는 변할 거라 기대하면서 서운한 감정을 억눌렀다. 하지만 보통은 몇 주 동안 약속을 지키다가 똑같은 스케줄로 되돌아가기 일쑤였다. "오늘 밤은 안 될 것 같아, 자기." 늘 같은 변명이었다. "미안하지만 안 되겠어. 다음에 꼭 만회할게."

론의 말이 사실임을 알았기에 앨리는 그 일로 다투고 싶지 않았다. 소송 업무는 재판이 열리기 전에도, 열리는 동안에도 고됐다. 그러나 앨리로선 론이 지금 그녀와 시간을 보내지도 않을 거

✣ 여성이 중심이 된 비영리 자원봉사 단체.

면서 왜 그녀의 환심을 얻으려고 그토록 많은 시간을 쏟았는지 종종 의문이 들지 않을 수 없었다.

앨리는 생각에 잠겨 화랑을 지나칠 뻔하다가 방향을 틀어 온 길을 되돌아갔다. 잠시 문 앞에 서 있다가 화랑에 들어간 지 너무 오래됐다는 사실을 깨닫고 깜짝 놀랐다. 최소 3년, 어쩌면 그보다 오래된 것 같았다. 왜 화랑에 가는 걸 피했을까?

앨리는 안으로 들어가―프런트가의 나머지 가게들과 마찬가지로 벌써 문을 열었다―그림을 둘러보았다. 많은 화가들이 그 지역 출신으로 작품에 바다의 정취가 강하게 살아 있었다. 바닷가 풍경, 모래 해변, 펠리컨, 낡은 돛단배, 예인선, 부두, 갈매기가 수없이 등장했다. 하지만 대부분의 소재가 파도였다. 상상할 수 있는 모든 형태와 크기, 색깔의 파도가 늘어서 있어 조금 있으니 전부 비슷해 보였다. 화가들이 영감이 부족하거나 게으르거나 둘 중 하나일 거라는 생각이 들었다.

그런데 마침 한쪽 벽에 앨리의 취향에 약간 더 맞는 그림이 몇 점 걸려 있었다. 일레인이라는 처음 들어본 화가의 작품이었는데 대부분이 그리스섬의 건축물에서 영감을 받은 듯했다. 가장 마음에 든 그림에선 마치 집중하지 않고 대강 그린 것처럼 실물보다 작은 형상, 굵은 선, 두껍게 쏟아내린 색들로 풍경을 의도적으로 과장한 게 눈에 들어왔다. 그럼에도 생생하고 아찔한 색감이 시선을 끌어당겨 다음에는 어디로 눈길을 줘야 하는지 가리키는 것만 같았다. 생각하면 할수록 마음에 들어 그림을 살까 말까 고민하던 앨리는 그림이 마음에 드는 이유가 그녀의 그림을 연상시키기 때문임을 깨달았다. 앨리는 그림을 좀 더 가까이서 살펴보며 어쩌면 노아의 말이 맞을지도 모른다고 생각했다. 그림을 다시 시작해야 하는 건지도 몰랐다.

9시 30분에 앨리는 화랑을 나서 시내에 있는 백화점 호프만 레인에 갔다. 원하는 물건을 찾는 데 몇 분이 걸렸지만 결국 문구 코너에서 발견했다. 종이, 크레용, 연필. 품질이 훌륭하진 않아도 그 정도면 충분했다. 제대로 된 화구는 아니었으나 호텔 방으로 돌아오자 다시 시작한다는 생각에 신이 났다. 앨리는 책상에 앉아 그림을 그리기 시작했다. 구체적인 주제도 없이 감만으로 젊은 시절의 기억에서 모양과 색이 흘러나오게 했다. 그렇게 몇 분 동안 추상화를 그리고 방에서 보이는 거리 풍경을 대강 스케치하다가 그림이 너무 쉽게 그려진다는 것에 깜짝 놀랐다. 마치 한 번도 붓을 내려놓은 적이 없었던 것 같았다.

앨리는 스케치를 끝낸 뒤 그림을 살펴보며 결과물에 기뻐했다. 다음으로 무엇을 그려볼까 고민하다가 이내 결정했다. 모델이 눈앞에 없어서 시작하기 전에 머릿속으로 형상을 그려보았다. 거리 풍경보다 어려웠지만 손이 자연스레 움직였고 점차 형체가 나타났다.

몇 분이 빠르게 지나갔다. 앨리는 쉼 없이 그림을 그리면서도 약속에 늦지 않게 시간을 자주 확인했고 정오가 되기 조금 전에 작업을 마쳤다. 대략 두 시간이 걸렸지만 최종 결과물은 놀라웠다. 그보다 훨씬 오랜 시간 공들인 그림처럼 보였다. 앨리는 그림을 접어 가방에 넣고 나머지 물건을 챙겼다. 문으로 향하는 길에 거울에 비친 그녀의 모습을 쳐다보는데 왜인지 몰라도 이상하게 마음이 편안했다.

앨리는 다시 계단을 내려가 현관으로 향했다. 문을 열고 나가려는데 뒤에서 웬 목소리가 들렸다.

"손님?"

앨리는 그녀를 부르는 소리임을 알고 뒤돌아섰다. 지배인이었다. 어제 그 지배인이 호기심 어린 표정을 짓고 있었다.

"네?"

"어젯밤에 손님을 찾는 전화가 여러 통 왔습니다."

앨리는 충격을 받았다. "저한테요?"

"네. 발신인이 전부 해먼드 씨였습니다."

오, 세상에.

"론이 전화했다고요?"

"네, 손님. 총 네 번입니다. 제가 두 번째 전화를 받았는데 손님을 걱정했습니다. 본인을 손님의 약혼자라고 밝히더군요."

앨리가 생각을 숨기려 애쓰며 희미하게 웃었다. 네 번? 네 번이나? 그게 무슨 뜻일까? 집에 무슨 일이라도 생긴 걸까?

"그가 뭐라고 하던가요? 급한 상황이래요?"

지배인이 빠르게 고개를 저었다. "딱히 그런 말은 없었습니다. 아무 언급도 없었어요. 실은 손님의 안위를 더 염려하는 것 같았습니다."

다행이네, 앨리는 생각했다. 잘된 일이었다. 그러다 불현듯 심장이 덜컹했다. 왜 그렇게 급하게 찾았을까? 왜 그렇게 전화를 많이 했지? 어제 내가 무슨 말이라도 했나? 왜 그토록 집요하게 전화한 거지? 전혀 그답지 않았다.

론이 무슨 눈치라도 챈 걸까? 아니다… 그건 불가능했다. 누군가 어제 이곳에서 앨리를 보고 전화하지 않은 이상…. 하지만 그러려면 앨리를 미행해 노아의 집까지 따라갔어야 했다. 그럴 일은 없었다.

곧바로 론에게 전화를 걸어야 했다. 달리 해결할 방법이 없었다. 그런데 이상하게도 전화하고 싶지 않았다. 지금은 앨리의 시간이었고, 스스로 원하는 일을 하면서 시간을 보내고 싶었다. 이후에도 론에게 전화할 계획은 없었고 어째선지 그와 통화를 하면 그날 하루를 망칠 것만 같았다. 게다가 뭐라고 할 것인가? 그토록 늦게까지 나가 있던 이유를 뭐라고 설명하겠는가? 느지막이 저녁을 먹고 산책을 했다? 가능할지도. 아니면 영화를 봤다고 할까? 아니면….

"손님?"

111

12시가 다 된 듯했다. 론은 어디에 있을까? 아마 사무실이겠지…. 아니다. 불현듯 론이 법정에 있다는 사실을 깨달은 앨리는 족쇄에서 풀려난 것만 같은 기분을 느꼈다. 앨리가 통화하고 싶다고 해도 할 방법이 없었다. 앨리는 그런 감정이 드는 자신에게 놀랐다. 그래선 안 된다는 걸 알았지만 그렇다고 마음에 걸리진 않았다. 앨리는 그제야 움직이며 시계를 쳐다보았다.

"12시가 다 된 거 맞나요?"

지배인이 시계를 본 뒤 끄덕였다. "네, 정확히는 15분 전입니다."

"안타깝지만 그이가 지금 법정에 있어서 연락이 안 되겠네요. 또 전화가 오면 제가 쇼핑하러 나갔고 나중에 전화하겠다고 전해주시겠어요?"

"그러죠." 지배인이 답했다. 하지만 그의 두 눈은 이렇게 묻고 있었다. '그런데 간밤에는 어디에 계셨나요?' 지배인은 앨리가 정확히 언제 들어왔는지 알았다. 이 작은 마을에서 미혼 여성이 귀가하기에는 너무 늦은 시각이었다.

"감사합니다." 앨리가 웃으며 말했다. "그래주면 고맙겠어요."

2분 뒤 앨리는 어떤 하루가 펼쳐질지 기대하며 노아의 집으로 차를 몰았다. 전화 문제는 별로 신경 쓰이지 않았다. 어제라면 그렇지 않았을 터였다. 앨리는 그게 무슨 의미일까 궁금했다.

앨리가 호텔을 나선 지 4분이 채 되지 않아 도개교를 지날 때, 론이 법정에서 전화를 걸었다.

움직이는 강물

노아가 흔들의자에 앉아 감차를 마시며 자동차 소리에 귀 기울이고 있을 때 마침 차가 진입로로 꺾어 들어오는 소리가 들렸다. 노아는 앞쪽 테라스를 돌아서 차가 속도를 줄여 떡갈나무 아래에 멈춰 서는 모습을 지켜보았다. 어제와 같은 위치였다. 클렘이 꼬리를 흔들며 차 문을 향해 반갑게 짖었고, 앨리가 차 안에서 손을 흔드는 모습이 보였다.

앨리는 차 밖으로 나와 클렘의 머리를 쓰다듬며 정답게 속삭이고는 그녀를 향해 걸어오는 노아를 보고 웃었다. 어제보다 더 편하고 자신감 넘치는 모습이었다. 앨리를 보자 노아는 또다시 가벼운 충격을 느꼈다. 하지만 어제와는 달랐다. 단순히 옛 기억에서 비롯한 떨림이 아닌 새로운 감정이었다. 굳이 따지자면 앨리에 대한 애정이 밤사이 더 커지고 강렬해져 그녀의 존재만으로도 긴장이 되었다.

앨리도 한 손에 작은 가방을 든 채 걸어와 그와 중간에서 만났다. 그러더니 노아의 뺨에 부드럽게 입을 맞춰서 그를 놀라게 했다. 몸을 뗀 이후에도 다른 쪽 손은 노아의 허리에 머물러 있었다.

"안녕." 앨리가 두 눈을 반짝이며 말했다. "깜짝 선물은 어디 있어?"

긴장이 살짝 풀리자 노아는 안도했다. "'오늘 기분은 어때?'나 '잠은 잘 잤어?'도 건너뛰고 바로 선물 타령이야?"

앨리가 웃었다. 참을성은 앨리의 강점이 아니었다.

"좋아. 오늘 기분은 어때? 잠은 잘 잤어? 그리고 깜짝 선물은 어디 있어?"

노아가 빙그레 웃다가 멈췄다. "앨리, 나쁜 소식이 있어."

"뭔데?"

"데려가고 싶은 곳이 있는데 먹구름이 몰려오고 있어서 가도 괜찮을지 모르겠어."

"왜?"

"폭우가 올 것 같은데 야외라서 젖을지도 몰라. 번개가 칠 수도 있어."

"아직 비는 안 오는데. 얼마나 먼 곳인데?"

"강을 따라 약 1.5킬로미터쯤 올라가야 해."

"내가 가본 적 없는 곳이지?"

"이런 때에는 없지."

앨리는 주위를 둘러보면서 잠시 생각했다. 그리고 단호한 목소리로 말했다.

"그러면 가자. 비가 와도 상관없어."

"진심이야?"

"당연하지."

노아는 다시 하늘을 보며 구름이 다가오는 것을 확인했다. "그러면 지금 가는 게 낫겠어." 노아가 말했다. "그거 보관해줄까?"

앨리가 고개를 끄덕이며 가방을 건넸고 노아는 집으로 뛰어 들어가서 거실 의자 위에 가방을 놓았다. 그런 뒤 자기 가방에 빵을 집어넣은 다음 집 밖으로 가지고 나왔다.

그들은 카누로 걸어갔다. 앨리가 노아의 옆에 어제보다 좀 더 가까이 섰다.

"거기가 정확히 어디야?"

"가보면 알아."

"힌트도 안 줄 거야?"

"글쎄." 노아가 말했다. "함께 카누 위에서 해돋이를 봤던 거 기억나?"

"아침에도 그 일을 생각했어. 해돋이를 보면서 울었던 기억이 나."

"오늘 일을 겪고 나면 그때 일이 평범하게 느껴질 거야."

"특별한 기분이 드나 봐."

노아가 몇 발자국 걷다가 마침내 대답했다.

"넌 특별하니까." 그의 말투는 덧붙일 말이 있다는 듯한 뉘앙스를 풍겼다. 하지만 노아는 더 말이 없었고 앨리는 가볍게 웃고는 주위를 흘긋 보았다. 얼굴에 바람이 스쳤다. 그러고 보니 아침부터 계속 바람이 불고 있었다.

그들은 잠시 후 부두에 도착했다. 노아가 카누에 가방을 던지고 빠트린 게 없는지 재빨리 확인한 뒤 강에 띄웠다.

"내가 뭐라도 도와줄까?"

"아니, 그냥 올라타."

앨리가 올라타자 노아가 카누를 부두에서 멀지 않게 강 쪽으로 밀었다. 그러고는 카누가 전복되지 않도록 조심스레 발을 놓으며 부두에서 카누로 우아하게 내려왔다. 노아가 그토록 빠르고 쉽게 해낸 기술이 보기보다 어렵다는 것을 알고 있는 앨리는 그의 민첩함에 감탄했다.

앨리는 등을 돌린 채 카누 앞쪽에 앉았다. 노아가 노를 젓기 시작하면서 그렇게 앉으면 풍경을 놓친다고 말했지만 앨리는 고개를 저으며 그대로가 좋다고 답했다.

사실이었다.

고개를 돌려야 정말 보고 싶었던 것을 전부 볼 수 있었지만 가장 보고 싶은 건 노아였다. 앨리가 보러 온 것은 강이 아니라 노아였으니까. 그의 셔츠 맨 윗 단추가 풀어져 있어서 노를 저을 때마다 가슴근육이 수축되는 게 보였다. 걷어붙인 양쪽 소매 아래로 팔근육이 살짝 도드라지는 것도 보였다. 매일 아침 노를 저은 탓에 근육이 잘 발달돼 있었다.

'우아하다.' 앨리는 생각했다. 노를 젓는 노아의 모습은 우아함에 가까웠다. 물 위에 떠 있는 것이 통제를 벗어난 일인 것처럼, 머나먼 선조로부터 물려받은 유전적 특성인 것처럼 자연스러웠다. 노아를 보자 처음 이 지역을 발견한 초기의 탐험가들이 어떤 모습이었을지 그려졌다.

노아와 조금이라도 닮은 사람은 떠올릴 수 없었다. 노아는 수많은 면에서 모순된다 싶을 정도로 복잡하면서 단순했고 이상하게도 에로틱한 면까지 겸비하고 있었다. 겉으로 보기엔 전쟁에서 살아 고향에 돌아온 시골 청년으로, 아마 스스로도 그렇게 여길 터였다. 하지만 노아에겐 훨씬 많은 모습이 있었다. 노아를 특별하게 만든 것은 시일 수도, 아니면 그의 아버지가 어릴 적 심어준 가치일 수도 있었다. 어느 쪽이든 노아는 누구보다 인생을 훨씬 충만하게 만끽했고 그것이 맨 처음 앨리가 그에게 끌렸던 이유였다.

"무슨 생각해?"

노아의 목소리를 듣자 가슴이 살짝 움찔하며 다시 현재로 돌아왔다. 앨리는 배가 움직이고 나서부터 그녀가 말이 별로 없었음을 깨닫고 침묵을 허락한 그에게 고마웠다. 노아는 언제나 그렇게 배려가 깊었다.

"좋은 것들." 앨리가 나직이 답했다. 노아의 두 눈을 보니 그녀가 그에 대해 생각하고 있다는 걸 아는 게 확실했다. 그 사실이 좋았고, 노아도 그녀에 대해 생각하고 있으면 싶었다.

앨리는 오래전 그랬던 것처럼 그녀의 마음이 휘몰아치고 있음을 알아챘다. 노아를, 노아의 몸이 움직이는 모습을 바라보고 있으니 그런 느낌이 들었다. 잠시 둘의 시선이 마주치자 앨리의 목과 가슴이 화끈거렸고 그녀는 노아가 눈치채기 전에 얼굴을 붉히며 고개를 돌렸다.

"얼마나 더 가야 해?" 앨리가 물었다.

"800미터쯤. 그보다 멀리 가진 않아."

잠깐 침묵이 흘렀다. 그러다 앨리가 말했다. "아름다운 곳이야. 너무 깨끗하고 고요해. 시대를 거슬러 올라간 것만 같아."

"어떤 면에선 맞는 말이야. 이 강은 숲에서부터 물줄기가 이어지는데, 발원지와 이곳 사이에 농장이 없어서 강물이 빗물처럼 깨끗해. 아마 그 어느 때보다 깨끗할걸."

앨리가 노아를 향해 몸을 기울였다. "말해봐, 노아. 우리가 함께했던 그 여름의 일들 중에 가장 기억에 남는 게 뭐야?"

"전부 다."

"특히 기억나는 건?"

"없어." 노아가 말했다.

"기억을 못 하는 거야?"

잠시 후 노아가 차분하고 진지하게 대답했다.

"아니, 그렇지 않아. 네가 생각하는 그런 게 아니야. '전부 다'라고 말한 건 진심이야. 우리가 함께했던 모든 순간을 기억해. 매 순간이 환상적이었지. 그래서 특별히 의미 있는 한 순간을 딱 꼬집어 말할 수 없어. 그 여름 전체가 완벽했으니까. 누구나 겪어봐야 하는 여름이었달까. 그런데 어떻게 그중 하나만 꼽을 수 있겠어?

시인들이 흔히 사랑은 마음대로 통제할 수 없는 감정이라고, 논리와 상식을 뛰어넘는 거라고 묘사하지. 나한테 사랑이 그랬어. 난 너와 사랑에 빠질 걸 예상하지 못했고, 그건 너도 마찬가지였을 거야. 하지만 우리는 만나자마자 감정을 통제할 수 없다는 걸 알았어. 서로의 차이에도 불구하고 사랑에 빠졌고, 일단 사랑에 빠지자 보기 드문 아름다운 무언가가 생겨났지. 내게 그런 사랑은 단 한 번밖에 없었어. 그래서 우리가 함께 보낸 매 순간이 기억에 새겨져 있는 거야. 그중 한 순간도 결코 잊지 못할 거야."

앨리는 노아를 빤히 바라보았다. 누구도 그런 말을 해준 적이 없었다. 단 한 번도. 앨리는 무슨 말을 해야 할지 몰라서 얼굴을 붉힌 채 입을 다물었다.

"불편하게 만들었다면 미안해, 앨리. 그럴 의도는 아니었어. 하지만 그 여름은 내 마음속에 남아 있고 언제나 그럴 거야. 우리 사이가 전과 같을 수 없다는 건 알지만 그렇다고 그때 네게 느꼈던 감정이 변하진 않아."

앨리는 가슴이 따뜻해지는 기분을 느끼며 조용히 입을 열었다.

"불편하지 않아, 노아…. 그냥 그런 말을 처음 들어봐서 그래. 너무 아름다운 말이었어. 시인만이 그렇게 말할 수 있을 거야. 말했다시피 넌 내가 만난 유일한 시인이야."

평화로운 침묵이 그들 위로 내려앉았다. 저 멀리 어딘가에서 물수리가 울었고 둑 근처에서는 숭어가 물을 튀겼다. 노가 박자에 맞춰 움직여 진동을 일으키는 바람에 배가 아주 살짝 흔들렸다. 카누가 미지의 목적지를 향해 나아가는 동안 산들바람이 그치고 먹구름이 더욱 짙어졌다.

앨리는 모든 것에, 모든 소리와 모든 생각에 주목했다. 감각들이 살아나며 기운을 북돋았다. 지난 몇 주간 마음이 이리저리 떠다닌 터였다. 앨리는 이곳에 올까 말까 고민하며 불안해하던 시간을 생각했다. 기사를 봤을 때의 충격, 잠 못 이룬 밤들, 낮 동안의 조급했던 마음. 하물며 어제도 두려워서 도망치고 싶었다. 이젠 긴장이 싹 사라지고 그 자리를 다른 감정이 대체했다. 앨리는 오래된 붉은 카누에 말없이 앉아 그 사실에 기뻐했다.

이상하게도 이곳에 온 것이 잘한 선택이라는 생각이 들었다. 노아가 그녀가 그리던 남자로 변했다는 게, 그리고 평생 그 사실을 알고 살아가게 됐다는 게 좋았다. 지난 몇 년 동안 전쟁에, 세월에, 심지어 돈에 파괴된 남자들을 너무 많이 봐왔다. 내면의 열정을 지켜내려면 힘이 필요했고, 노아에겐 그 힘이 있었다.

시인이 아닌 노동자의 세상인 이곳에서 사람들이 노아를 이해하긴 어려울 것이다. 신문에서 입을 모아 말하는 것처럼 미국은 경제 발전에 열을 올리고 있었고 모두가 전쟁의 참상을 뒤로한 채 앞으로 달리고 있었다. 앨리도 이유를 모르는 건 아니었지만, 사람들은 론과 마찬가지로 세상에 아름다움을 가져다주는 것들을 무시한 채 장시간 노동과 이윤을 향해 달려갔다.

롤리에 사는 사람 중에 집을 수리하기 위해 일을 쉬는 사람을 보았던가? 마음속 심상과 영적인 생각을 찾아 휘트먼이나 엘리엇✤을 읽는 사람은? 카누 뱃머리에 앉아 여명을 좇는 사람은? 앨리는 이런 것들이 사회를 움직이는 동력은 아니어도 하찮게 취급돼서는 안 된다고 생각했다. 이것들이 삶을 가치 있게 만들어주었다.

앨리에겐 그림도 마찬가지였다. 비록 이곳에 오고서 깨달은, 아니 기억해낸 사실이긴 하지만. 한때는 앨리도 그 사실을 알았다. 앨리는 아름다움을 창조하는 것처럼 중요한 무언가를 잊어버린 자신을 또다시 나무랐다. 그림이 그녀의 숙명이라는 확신이 이제야 들었다. 오늘 아침에 느낀 감정으로 그 사실을 확인했다. 무슨 일이 있어도 다시 한번 시도해볼 생각이었다. 누가 뭐라 하든 간에 뜻대로 해볼 터였다.

✤ T. S. 엘리엇. 미국계 영국 시인이자 극작가, 문학 비평가.

론이 그림을 그리는 것을 지지해줄까? 앨리는 론과 데이트를 시작하고 두 달 뒤 그녀의 그림을 보여줬던 때를 떠올렸다. 보는 이의 사고를 일깨우는 추상화였다. 붓질이 좀 더 침착하긴 했지만 노아가 완벽히 이해했던, 그의 벽난로 위에 걸린 그림과 일면 비슷했다. 론은 그림을 연구라도 하듯 뚫어지게 쳐다보더니 무슨 그림이냐고 물었다. 앨리는 굳이 대답하지 않았다.

앨리는 그녀의 태도가 부당하다는 것을 알고 고개를 절레절레 흔들었다. 그녀는 론을 사랑했다. 이유는 달랐어도 언제나 사랑했다. 노아는 아니었지만 론은 좋은 사람, 앨리가 늘 결혼할 거라고 생각한 그런 부류의 사람이었다. 론과 함께라면 뜻밖의 사건이 일어나는 일은 없었다. 어떤 미래가 펼쳐질지 안다는 것도 위안이 되었다. 론은 자상한 남편이, 앨리는 좋은 아내가 될 것이다. 친구와 가족 가까이에 보금자리를 얻어 자식을 낳고 사회적으로 부끄럽지 않은 지위도 누릴 것이다. 그것이 앨리가 늘 예상하던 삶, 그녀가 살고 싶었던 삶이었다. 열정적인 관계라고 말하긴 힘들겠지만 결혼할 사이여도 꼭 열정이 필요한 건 아니라고 오래전 스스로를 설득시킨 터였다. 열정은 세월이 지나면 식어버리고 동지애와 성격적 궁합 같은 것들이 그 자리를 대신할 테니까. 앨리와 론에겐 이런 것들이 있었고 그녀는 그것이 자신에게 필요한 전부라고 생각했다.

하지만 지금 노아가 노를 젓는 모습을 보니 이런 기본 가정들에 의문이 생겼다. 노아의 모든 행동과 몸짓에서 성적인 매력이 뿜어져 나와, 약혼한 몸으로 해서는 안 되는 생각이 떠올랐다. 노아를 쳐다보지 않으려 애쓰며 자주 시선을 돌렸지만 그의 능숙한 몸놀림에 오랫동안 눈을 떼기가 힘들었다.

"다 왔어." 노아가 둑 근처 수풀 쪽으로 카누를 저으며 말했다.

앨리가 주위를 둘러보았지만 아무것도 보이지 않았다. "어디 있어?"

"여기야." 노아가 시야에서 통로를 완전히 가리고 있는, 쓰러져 있는 오래된 나무 쪽으로 카누를 몰면서 다시 말했다.

노아는 카누로 나무를 빙 둘러 갔고 두 사람은 나뭇가지에 부딪치지 않게 고개를 숙였다.

"눈 감아." 노아가 속삭이자 앨리가 두 손으로 눈을 가렸다. 노아는 강물의 흐름을 거스르며 앞으로 배를 저었고, 앨리는 물이 철썩이는 소리와 함께 카누의 움직임을 느꼈다.

"됐어." 노아가 노 젓기를 멈추더니 마침내 말했다. "이제 눈 떠도 좋아."

백조와 비바람

노아와 앨리는 브라이스 크릭이 흘러서 모인 작은 호수 한가운데 앉아 있었다. 지름이 100미터쯤 되는 크지 않은 호수였다. 앨리는 조금 전까지만 해도 그 호수가 전혀 보이지 않았다는 사실에 놀랐다.

호수는 장관이었다. 툰드라 백조와 캐나다 거위가 말 그대로 그들을 에워싸고 있었다. 수천 마리는 되는 것 같았다. 어떤 곳은 새들이 빼곡하게 떠 있어 물이 보이지 않았다. 멀리 떨어진 곳의 백조 무리들은 빙하처럼 보일 지경이었다.

"아, 노아." 앨리가 나직이 감탄했다. "아름다워."

그들은 한참 동안 말없이 앉아 새들을 바라보았다. 노아가 부화한 지 얼마 안 된 새끼 거위 떼를 가리켰다. 새끼들이 호숫가의 거위 무리를 따라잡으려고 발버둥치고 있었다.

노아가 카누를 저어 호수를 가로지르는 동안 새들의 울음소리와 지저귐이 사방을 가득 채웠다. 카누가 다가가자 하는 수 없이 비켜서는 녀석들만 제외하고는 대부분 그들을 못 본 체했다. 앨리는 손을 뻗어서 가까이 있는 새들을 어루만졌다. 깃털이 곤두서는 감촉이 손가락을 통해 느껴졌다.

노아는 아까 챙긴 빵 봉투를 꺼내 앨리에게 건넸다. 앨리가 작은 녀석들 위주로 빵을 흩뿌려주자 새들이 먹이를 찾아 카누를 에워쌌고, 그 광경에 그녀는 웃음을 멈추지 못했다.

그렇게 노니는데 멀리서 천둥소리가 울렸다. 희미하지만 강한 그 소리에 두 사람은 떠날 시간이 됐음을 알았다.

노아는 아까보다 훨씬 세게 노를 저어 물줄기 쪽으로 되돌아갔다. 앨리는 아직 자신이 본 광경에 놀라움을 금치 못했다.

"노아, 저 새들은 여기서 뭘 하고 있는 거야?"

"나도 모르겠어. 매년 겨울마다 북쪽에 있던 백조들이 마타머스키트Mattamuskeet 호수로 이동한다는 건 알고 있어. 그런데 이번에는 이곳으로 온 것 같아. 이유는 나도 모르겠어. 눈보라가 일찍 몰아쳐서일 수도 있고, 대열에서 이탈해서일 수도 있겠지. 하지만 돌아가는 길은 찾을 거야."

"이곳에 머물진 않겠지?"

"아닐 거야. 새들은 본능에 따라 움직이고 이곳은 그들의 서식지가 아니니까. 일부 거위들은 여기서 겨울을 날 수도 있지만 백조들은 마타머스키트로 돌아갈 거야."

노아가 힘차게 노를 젓는 사이 먹구름이 머리 바로 위까지 몰려왔다. 곧 빗방울이 떨어지기 시작했다. 처음엔 가볍게 흩뿌리더니 점차 굵어졌다. 번개가 쳤다가… 잠시 멈추더니… 다시 천둥이 울렸다. 이번엔 소리가 조금 더 컸다. 10~11킬로미터쯤 떨어진 곳에서 울리는 것 같았다. 비가 더 세게 내리자 노아가 노를 더 힘차게 저었다. 노를 한 번 당길 때마다 근육이 팽팽해졌다.

이제 빗방울이 더 굵어졌다.

빗방울이 떨어졌다….

바람을 타고 흩뿌려졌다….

눈앞이 안 보일 만큼 세차게 떨어졌다…. 노아는 하늘을 질주하며… 노를 저었다…. 흠뻑 젖은 채… 대자연에 진 것에 대해… 혼자 악담을 퍼부으며….

비가 쉼 없이 퍼부었다. 앨리는 비가 숲을 쌩쌩 뒤흔드는 서풍을 타고 중력을 거역하려는 듯 하늘에서 사선으로 떨어지는 광경을 지켜보았다. 하늘이 좀 더 어두워지며 구름에서 크고 굵은 빗방울이 떨어졌다. 폭우가 들이쳤다.

앨리는 비를 즐기면서 잠시 고개를 뒤로 젖히고 빗줄기를 맞았다. 원피스 앞부분이 금방 흠뻑 젖을 터였지만 개의치 않았다. 그래도 노아가 눈치챌지는 궁금했다. 아마 눈치챌 것 같았다.

양손으로 축축한 머리칼을 쓸어 넘기자 느낌이 근사했다. 기분도 좋았고 모든 것이 경이로웠다. 쏟아지는 빗속에서도 노아의 거친 숨소리가 들렸고 그 소리가 수년 동안 느껴보지 못한 성적인 감정을 불러일으켰다.

먹구름이 머리 위 하늘을 뒤덮으며 비가 더욱 세차게 내리기 시작했다. 그런 폭우는 태어나고 처음이었다. 앨리는 비에 젖지 않으려는 모든 시도를 포기한 채 하늘을 올려다보며 웃었고, 노아는 그런 그녀의 모습에 마음이 놓였다. 앨리의 기분이 어떨지 궁금했다. 앨리가 오자고 결정하긴 했지만 이런 폭우에 갇힐 줄은 몰랐을 것이다.

그들은 몇 분 뒤 부두에 도착했다. 노아는 앨리가 내릴 수 있도록 배를 부두 가까이 갖다 댔다. 그리고 앨리를 일으켜 세우고 배에서 나온 다음 카누가 떠내려가지 않게 둑 위로 충분히 끌어올렸다. 만약의 경우를 대비해 부두에 묶기까지 했다. 어차피 빗속에 몇 분 더 있는다고 해서 달라지는 것도 없었다.

노아는 카누를 묶으면서 앨리를 올려다보다가 잠깐 숨을 멈췄다. 빗속에서 느긋하게 기다리며 바라보는 모습이 놀랄 정도로 아름다웠다. 비를 피하거나 몸을 가리려 애쓰지 않아서 원피스가 몸에 딱 달라붙어 있었다. 그 바람에 옷이 가슴에 바짝 밀착돼 가슴 윤곽이 드러났다. 빗줄기가 차갑지 않았음에도 젖꼭지가 작은 바위처럼 빳빳하게 돌출된 게 보였다. 노아는 아랫도리가 꿈틀대는 것을 느끼고는 당황해 혼자 중얼거리며 재빨리 돌아섰다. 빗소리에 혼잣말이 묻혀서 다행이었다. 노아가 카누를 다 묶고 일어서자 놀랍게도 앨리가 그의 손을 잡았다. 퍼붓는 빗속에서도 그들은 집까지 천천히 걸어갔고 노아는 앨리와 함께 보내는 밤을 상상했다.

앨리 역시 노아를 생각했다. 노아의 따뜻한 손을 느끼면서 그 손이 그녀의 온몸을 만진다면, 천천히 오랜 시간 쓰다듬는다면 어떤 기분일까 상상했다. 생각만 했는데도 숨이 가빠지면서 젖꼭지가 딱딱해지고 다리 사이가 뜨뜻해졌다.

그제야 앨리는 이곳에 온 후로 뭔가가 달라졌다는 것을 알아챘다. 정확한 시점을 딱 꼬집을 수는 없지만—어제 저녁 식사 후인지, 오늘 오후에 카누를 타면서인지, 백조를 봤을 때인지, 아니면 지금 이렇게 손을 잡고 함께 걸으면서인지—자신이 노아 테일러 캘훈과 다시 사랑에 빠졌다는 것을 깨달았다. 어쩌면, 정말 어쩌면, 단 한 번도 사랑하기를 멈춘 적이 없었는지도 몰랐다.

집에 도착했을 때 두 사람 사이에는 아무런 어색함이 없었다. 그들은 안으로 들어가서 현관에 잠시 섰다. 옷에서 물이 뚝뚝 흘렀다.

"갈아입을 옷 가져왔어?"

앨리가 아직 마음이 일렁이는 것을 느끼며 고개를 저었다. 자신의 감정이 얼굴에 드러났을지 궁금했다.

"젖은 옷을 벗을 수 있게 네가 입을 만한 옷을 찾아볼게. 조금 크긴 해도 따뜻할 거야."

"뭐든 좋아." 앨리가 말했다.

"금방 돌아올게."

노아가 부츠를 벗고 계단을 뛰어 올라가더니 1분 뒤에 내려왔다. 한쪽 겨드랑이에는 면바지 한 벌과 긴팔 셔츠가, 다른 쪽에는 파란색 셔츠와 청바지가 들려 있었다.

"여기 있어." 노아가 면바지와 셔츠를 건네며 말했다. "위층 침실에서 갈아입어. 침실에 욕실과 수건도 있으니 샤워하고 싶으면 해."

앨리가 웃으며 고마움을 표현한 뒤 계단을 올라갔다. 노아의 시선이 걸어가는 그녀에게 꽂혀 있는 것이 느껴졌다. 앨리는 침실에 들어가 문을 닫고 침대 위에 바지와 셔츠를 놓은 다음 걸친 옷을 전부 벗었다. 그리고 벌거벗은 채 옷장으로 가서 옷걸이를 찾아 원피스, 브라, 팬티를 걸고 나무 바닥에 물이 떨어지지 않도록 욕실로 가져갔다. 노아가 잠드는 방에서 벌거벗고 있다는 사실에 남모를 짜릿함이 느껴졌다.

비를 맞고 나서 샤워하고 싶지는 않았다. 살갗에 느껴지는 부드러움이 좋았고, 옛날 사람들은 이렇게 살았겠구나 싶었다. 자연의 흐름에 맞춰서, 노아처럼. 앨리는 옷을 걸친 뒤 거울에 자신을 비춰 보았다. 바지가 컸지만 셔츠를 안으로 집어넣으니 괜찮았다.

바짓단은 끌리지 않게 약간 접어 올렸다. 셔츠 목 부분이 살짝 찢어져 한쪽 어깨에 걸려 있다시피 했지만 어쨌거나 모양새가 마음에 들었다. 앨리는 양 소매를 거의 팔꿈치까지 걷어 올리고 서랍장으로 가서 양말을 신은 다음 빗을 찾으러 욕실로 향했다.

젖은 머리를 빗어서 헝클어진 부분만 가지런히 하고 어깨에 펼쳤다. 거울을 보는데 집게핀이나 머리핀을 가져왔더라면 싶었다.

마스카라도 살짝 바르면 좋으련만. 여기서 뭘 할 수 있을까? 아까 한 눈 화장이 약간 남아 있어 할 수 있는 최선을 다해 수건으로 매만졌다.

앨리는 손질을 마친 뒤 거울을 확인했다. 그나마 괜찮아 보여서 다시 계단을 내려갔다.

노아는 거실 난로 앞에 쪼그리고 앉아 불을 피우려고 혼신을 다하느라 앨리가 들어오는 것을 보지 못했다. 앨리는 노아가 일하는 모습을 지켜보았다. 새 옷으로 갈아입은 모습이 보기 좋았다. 떡 벌어진 어깨와 옷깃에 걸쳐진 젖은 머리카락, 딱 달라붙은 청바지.

노아가 장작을 쑤시며 통나무를 뒤적이더니 불쏘시개를 좀 더 넣었다. 앨리는 한 다리를 반대쪽 다리에 꼬고 문기둥에 기댄 채 노아를 계속 지켜보았다. 몇 분 있으니 장작에 불꽃이 피어오르며 안정적으로 타올랐다. 노아는 남아 있는 새 장작을 정리하기 위해 옆으로 돌다가 눈가로 앨리를 흘깃 보았다. 그가 빠르게 앨리 쪽으로 돌아섰다.

노아의 옷을 걸치고 있었음에도 앨리는 아름다웠다. 잠시 후 노아는 수줍게 고개를 돌리고선 다시 장작을 쌓았다.

"들어오는 소리를 못 들었어." 그가 태연한 척하며 말했다.

"알아. 조용히 들어왔거든." 노아가 무슨 생각을 했는지 눈치챈 앨리는 그의 소년 같은 모습이 재밌었다.

"거기 얼마나 서 있었어?"

"몇 분."

노아가 양손을 바지에 털더니 부엌을 가리켰다. "차 좀 줄까? 2층에 올라가 있는 동안 물을 끓였어." 노아는 정신을 부여잡기 위해 아무 말이나 건넸다. 하지만 젠장, 그렇게 아름다운 모습이라니….

앨리는 잠깐 생각에 빠져 있다 그녀를 바라보는 노아의 눈빛을 보고 오래전의 본능이 되살아나는 것을 느꼈다.

"좀 더 센 건 없어? 한잔하기엔 너무 이른가?"

노아가 웃었다. "창고에 버번위스키가 있어. 괜찮아?"

"좋지."

노아가 부엌으로 향했고 앨리는 그가 한 손으로 젖은 머리칼을 쓸어 넘기며 사라지는 모습을 보았다.

천둥이 크게 울리며 또 폭우가 내리기 시작했다. 지붕 위로 비가 억수같이 퍼붓는 소리가, 장작불이 불꽃을 깜빡이고 방 안을 밝히면서 탁탁 튀는 소리가 들렸다. 창문으로 고개를 돌리니 잿빛 하늘에 일순간 섬광이 번쩍하는 게 보였다. 곧이어 천둥이 또 한 번 울렸다. 이번에는 가까웠다.

앨리는 소파에서 누비이불을 가져와 난로 앞 러그 위에 놓았다. 그리고 다리를 꼰 채 마음에 들도록 이불을 매만진 뒤 춤추는 불꽃을 바라보았다. 노아가 돌아와 이불이 펼쳐진 것을 보고 앨리 옆에 앉았다. 그러고는 잔 두 개를 놓고 버번을 따랐다. 창밖으로 하늘이 점점 어두워졌다.

다시 천둥이 울렸다. 소리가 엄청났다. 폭우가 미친 듯이 쏟아졌고 빗줄기가 바람에 소용돌이쳤다.

"엄청난 폭우네." 노아가 빗줄기가 창문을 타고 주룩주룩 흘러 내리는 것을 보며 말했다. 몸이 닿진 않았지만 두 사람은 어느새 가까이 앉아 있었다. 숨을 쉴 때마다 앨리의 가슴이 살짝 오르내리는 것을 보며 노아는 다시 한번 그녀의 몸을 만지면 어떤 느낌일까 상상하다 간신히 감정을 억눌렀다.

"난 이런 날씨가 좋아." 앨리가 버번을 홀짝이며 말했다. "늘 폭우가 내리는 게 좋았어. 어릴 적에도."

"왜?" 노아가 평정심을 유지하며 아무 질문이나 던졌다.

"모르겠어. 그냥 낭만적이라서."

앨리는 잠시 입을 다물었고 노아는 그녀의 에메랄드색 눈동자에 비친 불빛을 보았다. 앨리가 입을 열었다. "헤어지기 며칠 전에 나란히 앉아 소나기를 봤던 거 기억나?"

"당연하지."

"집에 돌아가고 나서 틈만 나면 그 생각을 했어. 항상 그날 밤 네 모습을 생각했지. 그게 내가 기억하던 네 모습이야."

"내가 많이 변했나?"

앨리는 몸에 온기가 도는 것을 느끼며 버번을 또 한 모금 마셨다. 그리고 노아의 손을 만지며 대답했다.

"별로. 내가 기억하던 그대로야. 물론 나이는 들었지만 그만큼 세월이 흘렀으니까. 그런데 네 눈빛은 그때와 똑같이 빛나. 시를 읽고 카누를 타는 것도 그렇고. 더군다나 전쟁을 겪었는데도 여전히 상냥함을 잃지 않고 간직하고 있어."

노아가 그 말을 생각하는데 앨리의 엄지손가락이 그의 손 위에서 천천히 원을 그리는 게 느껴졌다.

"앨리, 아까 나한테 물었지? 그해 여름에 나눈 추억 중에 가장 기억에 남는 일이 뭐냐고. 넌 뭐가 기억나?"

잠시 후 앨리가 답했다. 목소리가 다른 곳에서 들려오는 것만 같았다.

"너와 사랑을 나눴던 일. 그게 가장 기억나. 넌 내 처음이었고, 내가 생각한 것보다 훨씬 끝내줬거든."

노아는 버번을 한 모금 들이켜고 예전 감정을 떠올리다가 고개를 저었다. 이미 충분히 힘들었다. 앨리가 말을 이었다.

"직전에 너무 겁이 나서 떨리면서 동시에 무척 흥분됐던 기억이 나. 네가 내 첫 상대여서 기뻐. 우리가 처음을 공유할 수 있어서 다행이야."

"나도 그래."

"너도 겁이 났어?"

노아가 말없이 고개를 끄덕였고 앨리는 그의 솔직함에 웃었다.

"그럴 줄 알았어. 넌 늘 그렇게 수줍어했지. 그것도 처음에 유독. 네가 남자 친구가 있냐고 묻기에 내가 있다고 했더니 더 이상 말을 안 걸었잖아."

"둘 사이를 방해하고 싶지 않았어."

"하지만 결국 방해했지. 넌 결백하다고 주장했지만." 앨리가 웃으며 말했다. "네가 방해해서 다행이야."

"우리 사이는 언제 털어놨어?"

"집에 돌아가서."

"힘들었어?"

"전혀. 널 사랑했으니까."

앨리가 노아의 손을 꽉 쥐었다 놓더니 더 가까이 다가왔다. 팔짱을 끼고서 팔을 쓰다듬다가 노아의 어깨에 머리를 기댔다. 노아는 앨리에게서 나는 비처럼 부드럽고 따뜻한 냄새를 맡았다. 앨리가 조용히 말했다.

"축제가 끝나고 집까지 걸어갔던 거 기억나? 내가 다시 만나고 싫냐고 물었더니 아무 말 없이 고개만 끄덕였지. 그래서 진심인지 확신이 안 들었어."

"너 같은 사람은 처음이었어. 그래서 그렇게밖에 할 수 없었어. 뭐라고 해야 할지 몰라서."

"알아. 넌 감정을 숨길 줄 몰랐으니까. 네 눈을 보면 언제나 속 마음이 훤히 들여다보였어. 넌 내가 이제껏 만난 사람 중에 가장 근사한 눈을 가졌어."

앨리가 잠시 말을 멈추더니 노아의 어깨에서 고개를 들어 그를 똑바로 쳐다보았다. 그리고 속삭이다시피 말했다. "살면서 사랑 한 그 누구보다, 그해 여름 널 사랑했던 것 같아."

다시 번개가 번쩍였다. 천둥이 울리기 전의 고요한 순간, 14년 의 세월을 돌이키려 애쓰던 그들의 시선이 마주쳤다. 둘 다 어제 이후로 변화가 생겼음을 감지했다. 이윽고 천둥이 울리자 노아가 한숨을 내쉬며 앨리에게서 창문 쪽으로 시선을 돌렸다.

"내가 보낸 편지를 네가 읽었다면 얼마나 좋았을까." 노아가 말 했다.

앨리는 한동안 아무 말도 하지 않았다.

"너만 그런 게 아니야, 노아. 이제야 말하지만 나도 집에 돌아 가서 편지를 열두 통이나 썼어. 단지 부치지 못했을 뿐이지."

"왜?" 노아가 놀랐다.

"너무 두려웠던 것 같아."

"뭐가?"

"내 생각이 착각이었을까 봐. 네가 나를 잊었을까 봐."

"내가 어떻게 그러겠어. 그건 생각도 할 수 없는 일이야."

"이젠 알아. 널 보면 알 수 있어. 하지만 그땐 그렇지 않았어. 내가 이해하지 못하는 게, 어린 여자애의 머리로는 분간하기 어려운 것들이 너무 많았으니까."

"무슨 말이야?"

앨리는 잠깐 말을 멈추고 생각을 가다듬었다.

"네게서 편지가 한 통도 오지 않자 어떻게 받아들여야 할지 막막했어. 친한 친구한테 그해 여름에 있었던 일을 털어놨는데 네가 원하던 걸 얻었으니 편지를 보내지 않는 게 당연하다고 하더라. 네가 그런 사람일 거라는 생각은 추호도 하지 않았어. 하지만 그 말을 듣고 우리의 모든 차이를 생각하니 혹시 그 여름이 너보다 내게 더 큰 의미였던 게 아닌가 하는 의심이 들더라…. 그리고 이런 생각들로 머리가 복잡한 와중에 세라가 네가 뉴번을 떠났다는 소식을 전해줬지."

"핀과 세라는 내가 어디 있는지 늘 알고 있었어…."

앨리가 손을 들어 노아의 말을 멈췄다. "알아, 하지만 세라한테 어디로 갔냐고 묻지 않았어. 네가 나 없이 새 삶을 시작하기 위해 뉴번을 떠난 줄 알았거든. 그게 아니면 네가 왜 편지를 안 썼겠어? 왜 전화도 하지 않고? 나를 보러 오지도 않고?"

노아가 대답 없이 시선을 돌렸고 앨리는 말을 이었다.

"난 몰랐어. 그러다 시간이 지나면서 상처가 희미해지기 시작했고 널 보내기 더 쉬워졌지. 적어도 그런 줄 알았어. 그런데 그 후로 몇 년 동안 남자를 만날 때마다 그들에게서 너를 찾고 있더라. 그리움이 너무 커지면 또 편지를 썼지만 어떤 사실을 마주하게 될지 두려워서 보내지 못했어. 그때쯤 너도 네 인생을 살아가고 있었고 네가 다른 사람을 사랑한다는 생각은 하기 싫었거든. 우리를 그 여름 모습 그대로 기억하고 싶었어. 그 기억은 절대 잃고 싶지 않았어."

그렇게 말하는 앨리가 너무 사랑스럽고 해맑아서 그녀가 말을 마치자 노아는 입을 맞추고 싶었다. 하지만 그러지 않았다. 그건 앨리가 원하는 것이 아님을 알고 욕구를 꾹 억눌렀다. 그렇지만 앨리가, 앨리의 손길이 더없이 황홀했다….

"마지막으로 편지를 쓴 게 2년 전이야. 론을 만나고 나서 네가 사는 곳을 알아내려고 네 아버지한테 편지를 썼지. 하지만 너무 오랜만이라 아직 그곳에 사실지 확신이 안 섰어. 게다가 전쟁까지 터져서…."

앨리가 말꼬리를 흐렸고 그들은 말없이 생각에 잠겼다. 번개가 다시 하늘을 밝히고 나서야 마침내 노아가 침묵을 깼다.

"어쨌거나 네가 편지를 썼으면 좋았을 거야."

"왜?"

"그냥 네 소식이 궁금했거든. 네가 어떻게 지내는지 알고 싶었어."

"실망했을지도 몰라. 워낙 무미건조한 인생이라. 게다가 난 네가 기억하던 그때 그 사람이 아니야."

"내가 기억하던 것보다 훨씬 근사한걸."

"넌 참 다정해, 노아."

노아는 거기서 말을 멈추려 했다. 남은 말을 삼키면 지난 14년 동안 그랬던 것처럼 어떻게든 자신을 제어할 수 있을 것을 알았으니까. 그러나 알 수 없는 감정에 사로잡혀 마음 가는 대로 내버려두었다. 어떻게든, 어떤 식으로든 오래전 둘 사이로 돌아갈 수 있기를 바라면서.

"다정해서 하는 말이 아니야. 내가 이렇게 말하는 건 그때부터 지금까지 널 사랑하기 때문이야. 네가 생각하는 것보다 훨씬 더 많이."

장작이 탁 하고 부러지며 굴뚝 위로 불꽃이 튀어 올랐고 그들은 불이 사그라들어 연기가 피어오르는 것을 알아차렸다. 난로에 장작을 더 넣어야 했지만 둘 중 누구도 움직이지 않았다.

앨리는 버번을 한 모금 더 마셨다. 취기가 느껴졌다. 하지만 앨리가 노아를 조금 더 단단히 끌어안고 그의 온기를 느낀 건 단지 술기운 때문만은 아니었다. 창밖을 흘깃 쳐다보는데 구름이 거의 검게 변해 있었다.

"다시 불을 피울게." 노아가 생각할 시간을 갖기 위해 입을 열었고 앨리가 그를 놔주었다. 노아는 난로로 가서 가림막을 연 뒤 장작 두 개를 집어넣었다. 그리고 새 장작에 불이 쉽게 붙도록 부지깽이로 타고 있는 장작을 뒤적거렸다.

불꽃이 다시 커지기 시작하자 노아가 앨리의 옆으로 돌아왔다. 앨리는 바짝 달라붙어 조금 전과 같이 말없이 노아의 어깨에 머리를 기대고는 그의 가슴을 손으로 가볍게 쓰다듬었다. 노아가 가까이 기대며 앨리의 귀에 속삭였다.

"이러고 있으니까 옛날 생각난다. 어렸을 때 말이야."

앨리가 같은 생각을 하며 웃었다. 그들은 서로를 끌어안은 채 연기가 피어오르는 난로를 쳐다보았다.

"노아, 넌 물은 적 없지만 말하고 싶은 게 있어."

"뭔데?"

앨리의 목소리는 부드러웠다.

"다른 사람은 없었어, 노아. 넌 내 첫사랑일 뿐 아니라 내가 관계한 유일한 남자야. 네게도 같은 걸 기대하는 건 아니야. 하지만 말해주고 싶었어."

노아가 말없이 시선을 돌렸다. 앨리는 난로를 바라보며 몸이 점점 따뜻해지는 것을 느꼈다. 앨리의 한 손이 노아의 셔츠 아래에 숨겨진 다부지고 단단한 근육을 훑었다.

앨리는 마지막 순간이라 생각하며 이렇게 둘이서 서로를 끌어안고 있던 때를 떠올렸다. 그들은 뉴스강의 강물을 가둬두던 방

파제에 앉아 있었다. 앨리는 두 번 다시 노아를 볼 수 없을 거라는 생각에 눈물을 흘리며 어떻게 다시 행복해질 수 있을까 절망했다. 노아는 대답 대신 앨리의 손에 쪽지를 쥐어주었고 그녀는 집으로 돌아가는 길에 그 쪽지를 읽었다. 그리고 쪽지를 간직하고 있다가 이따금 전문이나 일부를 읽곤 했다. 어떤 부분은 최소 백 번은 읽었다. 웬일인지 지금 그 구절이 머릿속을 스쳐 지나갔다. 내용은 이러했다.

이별이 이토록 힘든 이유는 우리의 영혼이 이어져 있기 때문이야. 아마 언제나 이어져 있었고 앞으로도 그럴 거야. 어쩌면 전생에 수천 번을 태어났고 그때마다 서로를 찾았는지도 모르지. 그리고 그때마다 똑같은 이유로 헤어져야 했는지도. 그 말은 이번 작별이 지난 만 년 동안 이어진 작별인 동시에 다가올 만남을 위한 서곡이라는 뜻이야.

너를 볼 때면 그 아름다움과 우아함이 매 인생을 거치면서 점점 커졌다는 생각이 들어. 그리고 난 매 생애마다 널 찾아다니며 평생을 바쳤을 거야. 너와 닮은 사람이 아닌 너를 찾아서 말이야. 우리의 영혼은 늘 함께해야 하니까. 그렇지만 이해할 수 없는 이유로 우린 헤어져야만 했겠지.

난 우리의 미래가 순조롭게 풀릴 거라 믿고 싶어. 그리고 약속하건대 그렇게 만들기 위해 내가 할 수 있는 모든 걸 할 거야. 그런데 만에 하나 다시는 만날 수 없고 정말 여기서 끝이라 해도 다음 생에 또 만날 거라는 걸 난 알아. 우리는 서로를 찾을 거고, 하늘의 별자리가 바뀌더라도 다시 서로를 사랑하게 될 거야. 그때까지의 그 모든 시간 동안은 말할 것도 없고.

과연 그럴까? 앨리는 궁금했다. 노아의 말이 사실일까?

앨리는 노아의 말을 완전히 엉터리로 치부하지 않았다. 만에 하나 그 말이 사실일 경우에 대비해 가능성을 붙들고 싶었다. 그 생각이 수없이 많은 힘든 시기를 버티도록 도와주었다. 하지만 지금 이곳에 앉아 있다는 사실이 그들이 언제나 헤어질 운명이라는 이론을 시험하는 것만 같았다. 그들이 마지막으로 함께한 후로 별자리가 바뀌지 않았다면.

혹시 바뀌었다 한들 알고 싶지 않았다. 하늘을 보는 대신 앨리는 노아에게 기댄 채 둘 사이의 열기를 느끼고, 그의 몸을 느끼고, 그의 팔이 단단히 안고 있는 감촉을 느꼈다. 노아와 첫 경험을 할 때 느꼈던 것과 똑같은 기대감이 생기면서 앨리의 몸이 떨리기 시작했다.

이곳에 있는 게 너무 자연스러운 일 같았다. 모든 게 제대로 돌아가는 느낌이었다. 장작불, 술, 비바람. 이보다 더 완벽할 수는 없었다. 마법에라도 걸린 것처럼 그들이 헤어져 있던 그 세월은 더 이상 아무 문제도 되지 않았다.

번갯불이 하늘을 갈랐다. 시뻘겋게 변한 장작 위에서 불꽃이 춤을 추며 열기를 퍼트렸다. 10월의 빗줄기가 유리창에 부딪치면서 다른 모든 소리를 잠재웠다.

그제야 그들은 지난 14년 동안 싸워온 모든 것에 굴복했다. 앨리가 노아의 어깨에서 고개를 들어 그윽한 눈빛으로 바라보자 노아가 그녀의 입술에 부드럽게 키스했다. 앨리는 한 손을 들어 노아의 얼굴로 가져가더니 뺨을 부드럽게 쓰다듬으며 어루만졌다. 노아가 천천히 몸을 숙여 다시 한번 부드럽고 달콤하게 키스했고 앨리가 키스를 돌려주었다. 이별의 세월이 열정과 함께 눈 녹듯 사라지는 것 같았다.

노아가 손가락으로 앨리의 팔을 위아래로 천천히 가볍게 훑자 그녀의 두 눈이 감기며 입술이 벌어졌다. 노아는 앨리의 목, 뺨, 눈꺼풀에 입을 맞췄고 입술이 닿은 곳마다 그의 입김이 머물렀다. 앨리가 노아의 손을 잡아 그녀의 가슴으로 끌어당겼고, 그가 얇은 셔츠에 덮인 가슴을 부드럽게 만지자 앨리의 목에서 신음소리가 새어나왔다.

노아에게서 몸을 떼는데 난로 불빛을 받아 그의 얼굴이 환히 빛나는 게 온 세상이 꿈결 같았다. 앨리가 말없이 노아의 셔츠 단추를 풀기 시작했다. 노아는 그 모습을 바라보며 앨리의 부드러운 숨소리에 귀를 기울였다. 단추를 하나씩 풀 때마다 앨리의 손가락이 살갗을 스치는 게 느껴졌다. 마침내 앨리가 단추를 다 풀고는 노아를 보고 살포시 웃었다. 앨리의 손이 노아의 셔츠 안으로 미끄러져 들어가 그를 가볍게 만졌다. 노아는 앨리가 그의 몸을 마음껏 탐험하게 내버려두었다. 노아의 몸은 뜨거웠다. 앨리는 손끝으로 가슴털을 느끼며 땀에 살짝 젖은 가슴을 쓰다듬었다. 그러고는 어깨 위로 셔츠를 끌어당겨 두 팔을 등 뒤로 고정시킨 뒤 몸을 기울여 노아의 목에 부드럽게 입을 맞췄다. 뒤이어 고개를 들고서는 노아가 어깨를 돌려 셔츠를 벗고 그녀에게 키스하도록 허락했다.

노아가 천천히 손을 뻗었다. 앨리의 셔츠를 들추고 배를 천천히 쓰다듬다가 그녀의 양팔을 들어 옷을 스르륵 벗겨냈다. 고개를 숙여 가슴 사이에 입을 맞추고는 혀로 천천히 목까지 애무하자 앨리의 숨이 가빠졌다. 노아가 두 손으로 앨리의 등, 팔, 어깨를 부드럽게 어루만졌고, 그들의 달구어진 몸이 서로 맞닿으며 밀착했다. 노아가 목에 입을 맞추고 입술로 부비는 동안 앨리는 바지가 쉽게 벗겨지도록 엉덩이를 치켜들었다. 앨리는 노아의 청바지로 손을 가져가 단추를 풀고선 그도 바지를 벗는 모습을 지켜보았다. 그들의 벌거벗은 몸이 마침내 만나는 순간이 슬로모션처럼 펼쳐졌고 두 사람은 한때 함께 공유했던 그 일을 떠올리며 몸을 떨었다.

노아가 혀로 앨리의 목을 핥으면서 두 손으로 그녀의 매끄럽고 뜨거운 가슴을 지나 배꼽 아래로 내려갔다가 다시 위로 올라왔다. 노아는 앨리의 아름다움에 넋을 잃었다. 앨리의 일렁이는 머리칼은 빛을 머금어 광채를 뿜었고, 장작 불빛에 상기된 피부는 매끄럽고 아름다웠다. 앨리의 두 손이 노아의 등 뒤에서 그를 당기며 신호를 보냈다.

그들은 난로 가까이 누워 있었고 열기 때문에 공기가 후덥지근했다. 노아가 등을 살짝 말면서 앨리 위에 유연하게 올라탔다. 그리고 앨리의 엉덩이쯤에 무릎을 벌린 채 팔다리를 받치고서 그녀 위에 엎드렸다. 앨리는 고개를 쳐들고 거친 숨을 몰아쉬며 노아의 턱과 목에 키스하고 양쪽 어깨를 핥고 몸에 남은 땀을 맛보았나. 그리고 팽팽해진 팔근육으로 그녀 위에서 몸을 지탱하고 있는 노아의 머리칼을 두 손으로 쓸었다. 앨리가 유혹하듯 얼굴을 살짝 찌푸리며 끌어당겼지만 노아는 버텼다. 그 대신 몸을 낮춰 그의 가슴을 앨리의 가슴에 가볍게 문질렀고 그녀의 몸은 기대감에 반응했다. 노아는 이 행동을 천천히 반복하며 앨리의 몸 구석구석에 입을 맞췄다. 그렇게 앨리 위에서 움직이며 그녀의 부드러운 신음소리를 들었다.

그러다 앨리가 더 이상 견디지 못하는 지경에 이르자 마침내 두 사람은 하나가 되었고 그 순간 앨리가 커다란 신음소리와 함께 노아의 등을 손가락으로 세게 눌렀다. 앨리는 노아의 목에 얼굴을 파묻은 채 몸속 깊숙이 그를 받아들이면서 그의 힘과 다정함을, 근육과 영혼을 느꼈다. 그리고 그와 살을 맞댄 채 리드미컬하게 움직이며 노아가 그녀를 황홀경 속으로 데려가도록 허락했다.

앨리는 눈을 뜨고 난로 불빛에 비친 노아를 보며 아름다움에 감탄했다. 앨리 위에서 움직이는 노아의 몸은 투명한 땀방울로 번

들거렸고, 구슬땀이 그의 가슴을 타고 흘러 창밖의 빗방울처럼 그녀 위로 떨어졌다. 땀방울이 떨어질 때마다, 숨을 몰아쉴 때마다 그녀 자신이, 모든 책임감이, 스스로의 존재가 남김없이 스르륵 빠져나가는 것만 같았다.

두 사람의 육체는 그들에게 주어진 모든 것이자 그들이 뺏긴 모든 것을 투사했고 앨리는 난생처음 깨달은 쾌락으로 지난 세월을 보상받았다. 쾌락이 몸 전체를 흥분시키고 달구면서 이어지더니 마침내 가라앉았다. 앨리는 노아의 아래서 몸을 떨며 숨을 고르려고 애썼다. 하지만 끝났다 싶을 때 다시 절정이 찾아왔고 이러기를 거듭하며 오랫동안 반복됐다. 비가 그치고 해가 질 무렵 앨리의 몸은 녹초가 되었지만 노아와의 흥분된 순간을 멈추고픈 마음은 없었다.

그들은 난롯가에서 사랑을 나누다가 껴안고서 장작 위로 불꽃이 타오르는 광경을 지켜보기를 반복하면서 서로의 팔에 안겨 하루를 보냈다. 이따금 노아가 앨리를 위해 그녀가 가장 좋아하는 시를 암송했는데 그러면 그녀는 옆에 누워 두 눈을 감은 채 단어를 음미하며 귀를 기울였다. 그러다 서로가 원하면 다시 하나가 되었고 그렇게 서로 껴안고서 키스하는 중간중간 노아가 사랑의 말을 소곤거렸다.

그들은 저녁 내내 사랑을 나누며 헤어져 있던 세월을 만회했고 밤이 되자 서로의 품 안에서 잠들었다. 이따금 노아는 잠에서 깨

따스하게 빛나는 앨리의 노곤한 몸을 바라보며 마치 이 세상 모든 것이 갑자기 제자리를 찾은 듯한 기분을 느꼈다.

한번은 동트기 직전 앨리를 쳐다보고 있는데 그녀가 두 눈을 어렴풋이 뜨더니 웃으며 그의 얼굴을 만졌다. 노아가 아무 말도 말라는 듯 앨리의 입술에 손가락을 살포시 갖다 댔고 그들은 한참 동안 그저 서로를 바라보았다.

목 메임이 가라앉자 노아가 속삭였다. "넌 내 모든 기도에 대한 응답이야. 넌 노래고, 꿈이고, 속삭임이야. 너 없이 어떻게 그 긴 세월을 살아왔는지 모르겠어. 사랑해, 앨리. 네가 생각하는 것보다 훨씬 더 많이. 언제나 사랑하고, 영원히 사랑할 거야."

"아, 노아." 앨리가 노아를 끌어당기며 말했다. 그녀는 노아를 원했다. 지금 이 순간 그 어느 때보다 노아를 필요로 했다. 태어나 처음 느끼는 감정이었다.

법정

그날 오전 늦게 세 남자—변호사 두 명과 판사 한 명—가 회의실에 앉아 있었다. 론이 발언을 마치자 판사가 곧바로 대답했다.

"이례적인 요청이네요." 판사는 상황을 곰곰이 생각했다. "재판이 오늘 내로 충분히 종결될 것 같은데 말이죠. 그 긴급한 사안을 오늘 밤이나 내일까지 미룰 수 없다는 건가요?"

"네, 재판장님. 그럴 수 없습니다." 론이 질문이 나오기가 무섭게 답했다. 론은 스스로를 타일렀다. 침착해, 크게 심호흡하고.

"그리고 본 건과는 아무 관련 없는 일이고요?"

"네, 재판장님. 개인적인 문제입니다. 일반적인 상황이 아닌 건 알지만 꼭 처리해야 하는 일입니다." 좋아, 잘했어.

판사는 의자에 등을 기댄 채 잠시 고민했다. "베이츠 씨, 어떻게 생각하십니까?"

베이츠 씨가 헛기침을 했다. "해먼드 씨가 오늘 아침에 연락을 줘서 제 의뢰인들에게는 벌써 말해놨습니다. 월요일까지 기꺼이 미루겠다고 하더군요."

"그렇군요." 판사가 말했다. "이렇게 하는 게 의뢰인들에게 최선의 선택이라 생각합니까?"

"그렇습니다." 베이츠 씨가 말했다. "해먼드 씨가 보답으로 이번 절차에서 빠진 특정 문제에 관해 논의를 재개하는 데 동의했습니다."

판사는 두 사람을 지그시 쳐다보며 생각에 잠겼다가 이윽고 입을 열었다.

"전혀 내키지 않군요. 하지만 해먼드 씨가 처음으로 이런 요청을 한 걸 보면 매우 중요한 일이 아닌가 싶네요."

판사는 잠깐 말을 멈추고 숙고하는 듯한 인상을 풍기더니 책상 위의 서류들을 쳐다보았다. "월요일까지 휴정하도록 하죠. 9시 정각에 재개하겠습니다."

"고맙습니다, 재판장님." 론이 말했다.

2분 뒤 론은 법원 청사를 나섰다. 그리고 건물 바로 맞은편에 세워둔 차로 걸어가 올라탄 뒤 떨리는 손으로 뉴번을 향해 출발했다.

예상치 못한 손님

　노아는 앨리가 거실에서 자고 있는 사이 그녀를 위해 아침 식사를 만들었다. 베이컨, 비스킷, 커피. 거창하지는 않았다. 앨리가 일어나자 노아가 그녀 옆에 트레이를 놓았다. 그리고 식사를 마치자마자 그들은 다시 사랑을 나눴다. 전날 나눈 감정에 대한 집요하고 강력한 확인이었다. 앨리는 절정에 치닫는 순간 등으로 아치를 그리며 날카롭게 울부짖었다. 그러고는 그녀처럼 녹초가 되어 거친 숨을 내쉬는 노아를 두 팔로 감쌌다.

　둘이서 함께 샤워를 한 다음 앨리는 밤새 말려놓은 원피스를 걸쳤다. 그런 뒤 노아와 아침나절을 보냈다. 클렘에게 밥을 주고 폭풍에 피해를 입은 곳은 없는지 창문을 확인했다. 소나무 두 그루가 바람에 뽑혔지만 큰 피해는 없었다. 지붕널 몇 개가 날아간 것 말고는 건물도 이상이 없었다.

노아는 아침 내내 앨리와 손을 잡고서 느긋하게 대화를 나눴
다. 가끔은 말을 멈추고 앨리를 빤히 바라보기만 했다. 그럴 때마
다 앨리는 무슨 말이라도 해야 할 것 같았지만 적당한 말이 하나
도 떠오르지 않았다. 그래서 골몰히 생각하다 보통은 그냥 키스를
했다.

정오가 되기 조금 전, 노아와 앨리는 점심을 준비하러 들어갔
다. 둘 다 전날 별로 먹지 않은 탓에 또다시 허기가 졌다. 그들은
집에 있는 재료를 이용해 닭고기를 튀기고 또 비스킷을 구운 뒤
흉내지빠귀의 세레나데를 들으며 테라스에서 점심을 먹었다.

식사를 마친 그들이 부엌에서 설거지를 하고 있는데 누군가 문
을 두드렸다. 노아가 부엌에 앨리를 두고 걸음을 옮겼다.

노크 소리가 다시 났다.

"갑니다." 노아가 말했다.

똑, 똑. 소리가 좀 더 커졌다.

노아가 문으로 다가갔다.

똑, 똑.

"잠시만요." 노아가 문을 열며 다시 말했다.

"이런, 세상에나."

노아가 50대 초반의 아름다운 여자를 잠깐 뚫어지게 쳐다보았
다. 노아라면 어디서든 알아볼 수 있는 여자였다.

노아는 말문이 막혔다.

"안녕, 노아." 그녀가 드디어 입을 열었다.

노아는 아무 말도 하지 않았다.

"들어가도 될까?" 그녀가 감정이 실리지 않은 침착한 목소리로 물었다.

노아가 더듬더듬 대답하는데 그녀가 그를 지나치더니 계단 바로 앞에서 멈췄다.

"누구야?" 앨리가 부엌에서 소리치자 그녀가 그 목소리를 향해 시선을 돌렸다.

"자기 엄마야." 노아가 힘겹게 대답했다. 곧바로 유리가 깨지는 소리가 들렸다.

"여기 있을 줄 알았다." 앤 넬슨이 그녀의 딸에게 말했다. 세 사람은 거실 커피 테이블을 가운데 두고 앉아 있었다.

"어떻게 그렇게 확신했어요?"

"넌 내 딸이잖니. 너도 언젠가 자식을 낳아보면 알게 될 게다." 얼굴은 웃고 있지만 태도는 무뚝뚝했다. 노아는 이러는 게 그녀의 입장에서도 얼마나 힘든 일일까 생각했다. "나도 그 기사를 봤다. 네가 그 기사에 어떻게 반응했는지, 지난 2주 동안 네 신경이 얼마나 곤두서 있었는지 알아. 네가 해안으로 쇼핑을 간다고 했을 때 네 진짜 목적이 뭔지 눈치챘지."

"아빠는요?"

앤 넬슨은 고개를 저었다. "아니, 네 아빠는 물론이고 아무한테도 말 안 했다. 오늘 내가 어디에 가는지도."

두 사람이 앤의 입에서 무슨 말이 나올지 생각하는 동안 테이블은 잠시 침묵에 잠겼다. 하지만 앤은 말을 잇지 않았다.

"왜 왔어요?" 앨리가 마침내 물었다.

그녀의 엄마가 눈썹을 치켜올렸다. "그건 내가 해야 할 질문 같은데."

앨리의 얼굴이 창백해졌다.

"와야 해서 온 거야." 그녀의 엄마가 말했다. "네가 이곳에 온 이유도 같지 않니?"

앨리가 고개를 끄덕였다.

앤이 노아에게로 시선을 돌렸다. "지난 이틀 동안 놀라운 일의 연속이었을 거야."

"네." 노아가 짧게 답했고 앤은 그를 보고 웃었다.

"믿지 않겠지만 난 늘 너를 좋아했단다, 노아. 그저 네가 내 딸에게 어울리지 않는다고 생각했을 뿐이야. 내 말이 무슨 뜻인지 알아듣겠니?"

노아가 고개를 저으며 진지한 말투로 대답했다. "아니요, 잘 모르겠습니다. 제게도 앨리에게도 그건 불공평해요. 아니라면 앨리가 이곳에 오지도 않았겠죠."

앤은 노아가 대답하는 모습을 쳐다만 볼 뿐 아무 말도 하지 않았다. 앨리가 다툼의 낌새를 감지하고 끼어들었다.

"와야 했다는 게 무슨 말이에요? 날 못 믿어요?"

앤이 그녀의 딸 쪽으로 고개를 돌렸다. "신뢰와는 상관없는 일이야. 문제는 론이지. 론이 어젯밤에 집으로 전화를 걸어 노아 얘기를 꺼내더라. 지금 이리로 오고 있는 중이야. 굉장히 혼란스러워 보이더구나. 네가 알고 싶어 할 것 같아서 말해주는 거야."

앨리가 헉하고 숨을 삼켰다. "이리로 오는 중이라고요?"

"말한 그대로야. 재판을 다음 주로 연기했더구나. 아직 뉴번에 도착하지 않았어도 근처까진 왔을 거야."

"그이한테 뭐라고 했어요?"

"아무 말 안 했어. 그런데 이미 알고 있었어. 전부 눈치챘더구나. 내가 오래전 노아에 관해 했던 얘기를 기억하고 있었어."

앨리가 침을 삼켰다. "제가 여기 있다고 말했어요?"

"아니. 그리고 앞으로도 안 할 생각이다. 이건 너희 둘의 문제니까. 하지만 네가 계속 여기 머문다면 론의 성격상 알아낼 게다. 사람만 잘 골라서 전화 두어 통만 돌리면 끝이야. 봐라, 나도 너를 찾았잖니."

앨리는 걱정하는 기색이 역력한데도 불구하고 엄마를 보고 웃었다. "고마워요." 앤이 앨리의 손을 잡았다.

"앨리, 우리가 다르다는 거 안다. 모든 일에 의견이 일치하지 않는다는 것도. 완벽한 엄마는 아니지만 최선을 다해 널 키웠어. 난 네 엄마고 그 사실은 영원히 변하지 않아. 그건 내가 널 영원히 사랑한다는 뜻이야."

앨리가 침묵하다 말했다. "어떻게 해야 할까요?"

"나도 모르겠구나, 앨리. 선택은 네 몫이야. 하지만 내 생각을 말하라면, 네가 진짜 원하는 게 뭔지 고민해봤으면 좋겠구나."

앨리가 눈시울을 붉히며 고개를 돌렸다. 잠시 후 눈물이 뺨을 타고 흘러내렸다.

"모르겠어요…." 앨리가 말꼬리를 흐리자 앤이 그녀의 손을 꼭 잡았다. 앤은 자리에 앉아 고개를 떨군 채 그들의 대화를 경청하던 노아를 쳐다보았다. 노아가 때맞춰 눈을 마주치더니 고개를 끄덕이고 방을 나갔다.

노아가 자리를 뜨자 앤이 속삭였다. "노아를 사랑하니?"

"네, 사랑해요." 앨리가 나직이 대답했다. "아주 많이요."

"론은 사랑하니?"

"네, 많이 좋아해요. 그런데 달라요. 그이와 있을 땐 노아와 있을 때 느끼는 감정을 못 느껴요."

"누구와도 그런 감정을 느끼지 못할 게다." 앤이 그렇게 말하며 앨리의 손을 놓았다.

"내가 대신 결정해줄 수는 없다, 앨리. 이건 오롯이 네가 판단해야 할 일이야. 하지만 내가 널 사랑한다는 걸 알아주렴. 난 널 영원히 사랑할 거야. 도움이 안 되겠지만 이게 내가 해줄 수 있는 전부구나."

앤은 핸드백에 손을 넣더니 끈으로 묶은 편지 꾸러미를 꺼냈다. 봉투가 오래되어 살짝 변색돼 있었다.

"노아가 네게 쓴 편지들이다. 내내 보관하고 있었지만 뜯어보지는 않았어. 가로채선 안 됐다는 거 안다. 그 점은 미안하구나. 하지만 널 보호하려던 거였어. 난 미처 몰랐다, 네가 그렇게…."

앨리가 편지 꾸러미를 받더니 놀란 표정으로 봉투들을 쓰다듬었다.

"가야겠다, 앨리. 이제 결정해야 해. 시간이 별로 없어. 내가 시내에 머물면 좋겠니?"

앨리가 고개를 저었다. "아니요, 이건 제가 해결할 문제예요."

앤은 고개를 끄덕이고선 그녀의 딸을 지그시 바라보며 생각에 잠겼다. 이윽고 자리에서 일어나 테이블을 돌아가더니 몸을 숙여 딸의 뺨에 입을 맞췄다. 앨리도 테이블에서 일어나 앤을 껴안았다. 앤은 딸의 두 눈에서 질문을 읽었다.

"어떻게 할 거니?" 앤이 뒤로 물러나며 물었다. 긴 침묵이 이어졌다.

"모르겠어요." 앨리가 마침내 대답했다. 그들은 그저 손을 맞잡은 채 또다시 몇 분 동안 가만히 서 있었다.

"와줘서 고마워요." 앨리가 말했다. "사랑해요."

"나도 사랑한다."

앤이 문밖으로 나가면서 "네 마음이 시키는 대로 하렴" 하고 속삭인 것 같았지만 앨리는 확신할 수 없었다.

갈림길

노아는 밖으로 나가는 앤 넬슨을 위해 문을 열어주었다.

"잘 있거라, 노아." 앤이 차분히 말했다. 노아는 말없이 고개를 끄덕였다. 달리 할 말이 없었다. 둘 다 그 사실을 알았다. 앤은 노아에게서 몸을 돌리고 밖으로 나가 등 뒤로 문을 닫았다. 노아는 앤이 걸어가 차에 올라탄 다음 뒤도 안 돌아보고 떠나는 모습을 지켜보았다. 앤은 강한 여자였다. 앨리가 누구를 닮았는지 알 것 같았다.

노아는 거실 안을 훔쳐보다 앨리가 고개를 숙인 채 앉아 있는 모습을 발견하고는 혼자만의 시간이 필요할 것 같아 뒤쪽 테라스로 향했다. 흔들의자에 앉아서 시간과 함께 강물이 흘러가는 광경을 조용히 바라보았다.

영원과 같은 시간이 흐르고 뒷문이 열리는 소리가 들렸다. 노아는 고개를 돌려 쳐다보지 않고 앨리가 그의 옆에 놓인 의자에 앉는 소리만 들었다. 어째선지 앨리를 볼 수 없었다.

"미안해." 앨리가 말했다. "이런 일이 벌어질 줄 몰랐어."

노아가 고개를 저었다. "미안해하지 마. 우리 둘 다 방식이야 어떻든 이렇게 될 줄 알았잖아."

"그래도 힘들어."

"알아." 노아가 마침내 고개를 돌리며 앨리의 손을 잡았다. "내가 어떻게 해야 네 마음이 편해질까?"

앨리가 고개를 저었다. "아니. 딱히 없어. 이건 나 혼자서 해결할 일이야. 게다가 론한테 뭐라고 말해야 할지 아직도 모르겠어." 그리고 시선을 떨구었다. 앨리의 목소리는 마치 혼잣말을 하는 것처럼 낮고 아득했다. "그이가 얼마나 아는지가 중요하지 않을까. 엄마 말이 맞다면 그이가 의심을 한다고 쳐도 확실히 알지는 못할 거야."

노아는 속이 갑갑했다. 그래서 결국 입을 열었다. 목소리가 차분했지만 앨리는 그 속의 고통을 읽을 수 있었다.

"그 사람한테 우리에 관해 말할 건 아니지?"

"모르겠어. 정말 모르겠어. 거실에 있으면서 내가 정말 원하는 삶이 뭔지 계속 생각해봤어." 앨리가 노아의 손을 꽉 쥐었다. "그런데 답이 뭐였는지 알아? 내가 원하는 게 두 가지라는 거야. 첫 번째는 너야. 난 우리를 원해. 난 널 사랑해. 계속 사랑해왔어."

앨리는 심호흡을 한 다음 말을 이었다.

"그렇지만 어느 누구도 다치지 않는 해피엔딩도 원해. 내가 여기 머문다면 사람들이 다칠 거야. 특히 론이. 그이를 사랑한다고 말한 건 진심이었어. 당신과 같은 감정은 아니지만 난 그이를 좋아해. 이건 그이에게 공평하지 않아. 더군다나 내 가족과 친구들에게도 상처를 주게 될 거야. 내가 아는 모든 사람을 배신하게 돼…. 그런 짓을 할 수 있을지 모르겠어."

"다른 사람들을 위해 살 수는 없어. 사랑하는 이들에게 상처를 주더라도 네게 옳은 일을 해야 해."

"알아." 앨리가 말했다. "하지만 어떤 선택을 하든 난 그 결과를 안고 살아가야 해. 영원히. 더 이상 뒤돌아보지 않고 앞으로 나아가야 해. 무슨 말인지 알겠어?"

노아가 고개를 저으며 침착하게 말하려고 애썼다. "잘 모르겠어. 그게 너를 잃는다는 뜻이라면. 또다시 널 잃을 순 없어."

앨리는 아무 말 없이 고개를 숙였다. 노아가 말을 이었다.

"정말 미련 없이 날 떠날 수 있어?"

앨리가 입술을 깨물며 대답했다. 목소리가 점점 갈라졌다. "모르겠어. 아마 힘들 거야."

"그러면 론에게 공평한 일이 될까?"

앨리는 곧장 답하지 않았다. 그 대신 자리에서 일어나 눈물을 닦고 테라스 가장자리로 가서 기둥에 몸을 기댔다. 그러고는 팔짱을 끼고 강을 바라보다 조용히 대답했다.

"아니."

"그렇게까지 할 필요 없잖아, 앨리." 노아가 말했다. "우리는 이제 성인이고, 전에는 없던 선택권이 있어. 우린 함께 있을 운명이야. 과거부터 지금까지 그랬어."

노아가 앨리의 곁으로 다가가 어깨에 손을 올렸다. "네 생각을 하면서, 너와 함께했을지도 모를 삶을 꿈꾸면서 남은 인생을 보내고 싶지 않아. 내 곁에 머물러줘, 앨리."

앨리의 두 눈에 눈물이 글썽이기 시작했다. "과연 그럴 수 있을까." 그녀가 속삭였다.

"할 수 있어, 앨리…. 네가 다른 사람과 함께라는 걸 알면서 행복하게 살 수 없어. 그러면 나의 일부가 죽고 말 거야. 우리가 나눈 감정은 흔히 겪을 수 있는 게 아니야. 그냥 버려버리기엔 너무 아름다워."

아무 답이 없었다. 잠시 후 노아가 조심스레 앨리의 몸을 자기 쪽으로 돌리고 손을 잡았다. 그리고 그를 봐주길 바라며 앨리를 응시했다. 앨리가 마침내 촉촉한 눈망울로 노아를 보았다. 오랜 침묵의 시간이 흐른 뒤 노아가 다정한 표정을 지으며 앨리의 뺨에 흐르는 눈물을 닦아주었다. 앨리의 눈빛을 읽은 노아의 목소리가 잠겼다.

"떠나기로 했구나?" 노아가 희미하게 웃었다. "머물고 싶지만 할 수 없다는 거구나."

"아, 노아." 앨리의 눈에 다시 눈물이 차올랐다. "제발 이해해줘⋯."

노아가 고개를 저어 말을 막았다.

"무슨 말 하려는지 알아. 네 눈빛에서 읽을 수 있어. 하지만 이해하고 싶지 않아, 앨리. 이런 식으로 끝내기 싫어. 너랑 끝내는 게 싫어. 지금 떠난다면 우린 두 번 다시 볼 수 없을 거야."

앨리가 안기더니 서럽게 울기 시작했고 노아는 힘겹게 눈물을 참았다.

노아가 두 팔로 앨리를 감쌌다.

"앨리, 널 못 가게 붙들 순 없어. 그렇지만 사는 동안 무슨 일이 생기든 너와 함께한 지난 며칠은 결코 잊지 않을 거야. 지난 몇 년 동안 이날이 오기만을 꿈꿔왔으니까."

그리고 다정하게 입을 맞췄다. 이틀 전 앨리가 처음 차에서 내렸을 때처럼 그들은 서로를 꼭 끌어안았다. 이윽고 앨리는 노아를 놓아주고 눈물을 닦았다.

"짐을 싸야 해, 노아."

노아는 앨리를 따라 들어가는 대신 지친 몸을 추스르며 흔들의자에 앉았다. 그 상태로 앨리가 집 안으로 들어가는 모습을 보고, 앨리의 발소리가 서서히 작아지는 소리를 들었다. 몇 분 뒤 앨리가 짐을 싸들고 나타나서는 고개를 숙인 채 노아를 향해 걸어왔다. 그리고 어제 아침에 그린 그림을 건넸다. 그림을 건네는 앨리는 여태 눈물을 흘리고 있었다.

"이거 받아, 노아. 널 위해 그렸어."

노아는 찢어지지 않게 천천히 그림을 펼쳤다.

두 개의 형상이 서로 겹쳐져 있는 그림이었다. 종이의 대부분을 차지한 전면의 형상은 14년 전이 아닌 현재 노아의 모습이었다. 흉터를 비롯해 얼굴의 아주 세세한 부분까지 스케치되어 있었다. 마치 최근에 찍은 사진을 그대로 모사한 것처럼 생생했다.

두 번째 형상은 노아의 집 정면이었다. 역시나 떡갈나무 아래에 앉아 스케치한 듯 세밀한 묘사가 놀라웠다.

"아름다워, 앨리. 고마워." 노아가 미소를 지으려 애썼다. "내가 그랬잖아, 넌 화가라고." 앨리는 고개를 떨구고 입술을 꽉 다문 채 고개를 끄덕였다. 가야 할 시간이었다.

그들은 말없이 앨리의 차를 향해 천천히 걸어갔다. 차에 다다르자 노아는 두 눈에 눈물이 차오르는 게 느껴질 때까지 다시금 앨리를 껴안았다. 입술과 양 볼에 입을 맞추고 그가 키스한 곳을 손가락으로 부드럽게 어루만졌다.

"사랑해, 앨리."

"나도 사랑해."

노아가 차 문을 열어주었고 그들은 다시 한번 키스했다. 그런 뒤 앨리는 노아에게 시선을 고정하고 운전석으로 미끄러져 들어갔다. 옆 좌석에 편지 꾸러미와 핸드백을 놓고 열쇠를 찾아 시동을 걸었다. 금방 시동이 걸리더니 기다릴 새 없이 엔진이 돌아가기 시작했다. 시간이 다 됐다.

노아가 양손으로 문을 닫자 앨리가 창문을 내렸다. 노아의 팔근육, 너그러운 미소, 구릿빛 얼굴이 보였다. 앨리가 한 손을 뻗자노아가 잠시 그녀의 손을 잡고선 부드럽게 쓰다듬었다.

"날 떠나지 마." 노아가 소리 없이 말했다. 어떤 이유에선지 앨리가 예상한 것보다 훨씬 가슴이 찢어졌다. 눈물이 평평 쏟아졌지만 아무 말도 할 수 없었다. 결국 앨리는 마지못해 시선을 돌리며손을 빼냈다. 기어를 넣고 액셀을 살짝 밟았다. 지금이 아니면 영영 떠나지 못할 터였다. 차가 점점 나아가자 노아가 뒤로 조금 물러났다.

헤어짐을 실감하자 노아는 넋이 나가는 듯했다. 차가 앞으로천천히 나아가는 것을 지켜보았다. 바퀴 아래서 자갈이 으드득거리는 소리가 들렸다. 차가 방향을 틀어 마을로 이어지는 도로로향했다. 떠나고 있었다. 앨리가 떠나고 있었다! 노아는 그 광경에현기증이 났다.

이제 노아를 지나서… 조금씩 앞으로 나아가고 있었다….

앨리는 마지막으로 웃음기 없이 손을 흔든 뒤 속도를 높였고노아도 힘없이 손을 흔들었다. '가지 마!' 차가 더 멀어지자 이렇게 소리치고 싶었다. 하지만 노아는 아무 말도 하지 않았고 잠시 후 차가 사라졌다. 앨리의 흔적이라고는 자동차가 남긴 바큇자국뿐이었다.

노아는 오랫동안 꼼짝도 않고 서 있었다. 앨리는 왔을 때처럼 빠르게 사라졌다. 이번엔 영원히. 영원히.

두 눈을 감고 앨리가 떠나는 광경을 떠올렸다. 앨리의 차가 노아의 심장을 갖고 그에게서 조금씩 멀어지는 광경을.

그때 문득 그녀의 엄마가 그랬듯 앨리가 한 번도 뒤돌아보지 않았다는 슬픈 사실이 머리를 스쳤다.

과거에서 온 편지

눈물이 흘러내려 운전이 어려웠으나 앨리는 본능이 그녀를 호텔로 데려다주길 바라며 계속 차를 몰았다. 신선한 공기를 쐬면 머리가 맑아질까 해서 창문도 열어놓았지만 소용이 없었다. 그 무엇도 도움이 되지 않았다.

심신이 지쳐 론과 이야기할 에너지가 남아 있을지 의문스러웠다. 그리고 뭐라 말한단 말인가? 여전히 뭐라 해야 할지 막막했지만 때가 되면 어떤 말이든 떠오르겠지 싶었다.

떠올라야 할 터였다.

프런트가로 이어지는 도개교에 다다를 무렵, 감정이 약간 누그러졌다. 완전히는 아니었지만 론과 대화할 정도로는 차분해졌다고 앨리는 생각했다. 적어도 그랬으면 했다.

교통이 한산한 틈을 타 앨리는 뉴번 시내를 지나며 행인들이 일을 보는 광경을 바라보았다. 주유소 정비공이 최신 자동차의 후드 아래를 살피는 동안 차 주인으로 보이는 남자가 옆에 서 있었다. 유아차를 몰고 있는 두 여자가 호프만 레인 앞에서 윈도쇼핑을 하며 잡담을 나누고 있었다. 헌즈 보석상 앞에는 잘 차려입은 남자가 서류 가방을 들고서 열심히 걸어가고 있었다.

길모퉁이를 도니 젊은 남자가 도로의 일부를 가로막은 트럭에서 식료품을 내리는 게 보였다. 그가 물건을 드는 방식, 혹은 그가 움직이는 모습 어딘가가 부두 끝에서 게가 든 투망을 끌어올리던 노아를 떠올리게 했다.

빨간불에 서 있는데 길 끝에 호텔이 보였다. 신호등이 초록색으로 바뀌자 앨리는 한숨을 쉬고 천천히 차를 몰아 호텔이 다른 업체 두 곳과 공동으로 사용하는 주차장에 다다랐다. 주차장에 들어서니 첫 번째 구역에 론의 차가 주차돼 있었다. 옆자리가 비었음에도 앨리는 그대로 지나쳐 입구에서 좀 더 먼 곳에 차를 세웠다.

열쇠를 돌리자 엔진이 바로 멈췄다. 그런 다음 앨리는 거울과 빗을 찾기 위해 앞 좌석 서랍을 열었다. 둘 다 노스캐롤라이나 지도 위에 놓여 있었다. 거울을 보니 두 눈이 아직 벌겋게 부어 있었다. 어제 비를 맞은 후 그랬듯 앨리는 자신의 모습을 점검하며 화장기가 없는 것을 아쉬워했다. 지금 그게 무슨 도움이 될지는 알 수 없었지만. 앨리는 머리카락을 한쪽으로 넘겼다가 다시 양쪽으로 넘기더니 결국 손질을 포기했다.

앨리는 핸드백을 열어 그녀를 이곳에 오게 만든 신문 기사를 다시 한번 보았다. 그 후로 너무 많은 일이 일어났다. 고작 3주밖에 안 됐다는 게 믿기지 않았다. 그녀가 겨우 엊그제 도착했다는 사실이 말도 안 되는 일처럼 느껴졌다. 노아와 저녁 식사를 한 뒤로 한평생이 흐른 것만 같았다.

인근 숲에선 찌르레기들이 울고 있었다. 날이 개면서 하얀 구름 사이로 파란 하늘이 보였다. 해는 여전히 가려서 보이지 않았지만 고개를 내미는 건 시간문제였다. 아름다운 하루가 될 터였다.

노아와 함께 보내고 싶은 그런 날이었다. 노아를 생각하던 앨리는 그녀의 엄마가 준 편지를 떠올리고는 그것들을 집어 들었다.

앨리는 꾸러미를 풀어 노아가 쓴 첫 번째 편지를 집었다. 그런데 봉투를 열다가 편지 내용이 무엇인지 알 것 같아 뜯기를 멈췄다. 그의 근황과 그해 여름의 추억에 대해 이야기하다 몇 가지 질문을 덧붙인 평범한 내용일 게 분명했다. 어쨌거나 노아는 앨리에게서 답이 오기를 기다렸을 것이다. 앨리는 첫 번째 편지 대신 꾸러미 맨 아래에 있던 마지막 편지를 집어 들었다. 작별 편지였다. 그것이 나머지 편지보다 훨씬 궁금했다. 노아는 어떻게 작별을 고했을까? 앨리라면 어떻게 썼을까?

봉투는 얇았다. 한두 장 정도 되는 듯했다. 뭐라고 썼든 간에 내용이 길지는 않았다. 우선 봉투를 뒤집어 뒷면을 확인했다. 이름

없이 뉴저지의 거리 주소만 적혀 있었다. 앨리는 숨을 멈추고 손톱으로 봉투를 비집어 열었다.

편지를 펼치자 1935년 3월이라는 날짜가 보였다.

답장 한 통 못 받고 편지만 쓴 지 2년 반.

앨리는 낡은 책상에 앉아 그것이 마지막이라 생각하며 정성껏 편지를 쓰는 노아의 모습을 떠올렸다. 편지지에 눈물 자국으로 보이는 흔적이 있었다. 착각일 수도 있지만.

앨리는 종이를 펼치고 차창으로 비쳐드는 보드랍고 하얀 햇빛 속에서 편지를 읽기 시작했다.

사랑하는 앨리에게.

더 이상 뭐라고 해야 할지 모르겠어. 우리 사이가 끝났다는 걸 깨닫고 어젯밤 잠을 못 이뤘다는 이야기 말고는. 나로선 절대 예상하지 못한 이상한 감정이야. 그렇지만 돌이켜 보면 이렇게밖에 끝날 수 없었을 것 같아.

너와 나는 서로 속한 세계부터 많은 것들이 달랐어. 하지만 내게 사랑의 가치를 가르쳐준 사람이 바로 너야. 넌 내게 서로를 아낀다는 게 뭔지 보여줬고, 난 너로 인해 더 나은 사람이 됐어. 그걸 꼭 기억해줬으면 좋겠어.

이렇게 됐다고 해서 억울하지는 않아. 오히려 우리가 나눈 감정이 진짜였다는 걸 알기에 마음이 놓여. 짧은 시간이나마 너와 함께할 수 있어서 난 행복했어. 언젠가 어느 먼 곳에서 새 삶을 살고 있는 널 만나게 되면 기쁜 마음으로 웃어줄 거야. 그리고 우리가 그 여름, 나무 아래서 서로에게 배우고 사랑을 통해 성장했던 일을 기억할 거야. 어쩌면 아주 잠깐 너도 그걸 느끼고 내게 웃어주겠지. 우리가 언제까지나 함께 간직할 추억들을 음미하면서.

사랑해, 앨리.

노아.

앨리는 편지를 다시 한번 천천히 읽은 다음 한 번 더 읽고서 봉투에 집어넣었다. 노아가 편지를 쓰는 모습을 또 한 번 상상하고는 잠시 편지를 한 통 더 읽을까 고민했으나 더 이상 시간을 지체할 수 없었다. 론이 기다리고 있었다.

차에서 내리는데 두 다리가 후들거렸다. 앨리는 잠깐 멈추고 심호흡한 뒤 주차장을 가로질러 갔다. 론에게 뭐라고 말할지 여전히 막막하기만 했다.

호텔에 도착해 문을 열고 로비에 서 있는 론을 발견할 때까지 끝내 할 말은 떠오르지 않았다.

두 사람의 겨울

   이야기는 거기서 끝나고 나는 공책을 덮은 뒤 안경을 벗고 눈가를 닦는다. 피곤한 두 눈은 충혈돼 있지만 아직은 제 기능을 하고 있다. 얼마 안 가 앞이 보이지 않는 날이 올 것이다. 내 눈도, 나도 영원할 수 없으니까. 이야기가 끝나서 그녀를 처다보지만 그녀는 나를 마주 보지 않는다. 창문 너머로 가족과 친구들이 회포를 풀고 있는 앞마당만 우두커니 바라보고 있다.

   나도 그녀의 시선을 좇아 그 광경을 함께 바라본다. 긴 시간 동안 하루 일과는 변하지 않았다. 매일 아침 식사가 끝나고 한 시간 후면 사람들이 도착하기 시작한다. 젊은이들이 혼자서 또는 가족과 함께 이곳에 사는 노인들을 찾아온다. 사진이나 선물을 가져와 벤치에 자리를 잡거나 자연의 느낌을 주기 위해 설계된, 나무가 줄지어 선 길을 따라 산책을 한다. 일부는 하룻밤을 묵고 가지만 대개는 몇 시간 뒤에 떠난다. 그럴 때면 언제나 남은 사람들 때문에 서글퍼진다. 사랑하는 사람들이 떠나는 걸 내 친구들이 어떻게 생각할지 때로 궁금하다. 그렇지만 내가 상관할 바가 아닌 것을 안다. 그리고 누구에게나 숨기고 싶은 게 있기 마련이니 절대 물어보지 않는다.

하지만 이제, 내 비밀을 하나 말해줄까 한다.

공책과 돋보기를 바로 옆 탁자에 내려놓는데 관절이 여기저기 아프다. 내 몸이 얼마나 찬지 다시금 깨닫는다. 아침 햇살을 받으며 글을 읽어도 아무런 도움이 안 된다. 하지만 요즘 내 몸도 나름대로 적응을 해서 더 이상 이 정도로 놀라지 않는다.

그렇다고 내가 아주 운이 나쁜 건 아니다. 이곳에서 일하는 직원들이 내가 누군지, 내 문제가 뭔지 알고서 내가 더 편히 지낼 수 있도록 최선을 다하니까. 그들이 나를 위해 작은 탁자 위에 따뜻한 차를 두었다. 나는 두 손으로 찻주전자를 잡는다. 컵에 차를 따르는 게 일이긴 하지만 몸을 데우려면 차가 필요하거니와 용이라도 쓰면 몸이 완전히 녹스는 걸 늦출 수 있을 것 같아 힘을 낸다. 그럼에도 내가 녹이 슨 건 부정할 수 없는 사실이다. 나는 에버글레이즈Everglades 습지에 버려진 20년 된 고물 자동차처럼 녹슬었다.

오늘 아침 나는 늘 하던 대로 그녀에게 공책을 읽어주었다. 그게 내가 해야 할 일이니까. 의무에서가 아니라—의무라고 볼 수도 있지만—또 다른 좀 더 낭만적인 이유에서다. 지금 당장 자세히 설명해주고 싶지만 그러기엔 아직 시간이 이르다. 그리고 점심 전에 낭만에 대해 이야기하는 건 이제 불가능하다. 적어도 내게는 힘든 일이다. 게다가 결과가 어떻게 될지 모르기에 솔직히 별로 기대하고 싶지 않다.

우리는 날마다 함께 시간을 보내지만 밤에는 따로 지낸다. 의사들이 해가 떨어진 뒤에는 그녀를 봐선 안 된다고 해서다. 그렇게 지시한 이유를 충분히 이해하고 그 말에 동의하지만 규칙을 어길 때가 많다. 늦은 밤 기분이 별로다 싶으면 몰래 방을 빠져나가 그녀의 방으로 가서 그녀가 잠든 모습을 지켜본다. 그녀는 내가 이러는지 전혀 모른다. 그녀가 숨 쉬는 모습을 보면서 나는 그녀가 아니었다면 절대 결혼하지 않았으리라는 걸 깨닫는다. 그녀의 얼굴을, 내 얼굴보다 낯익은 그 얼굴을 바라볼 때면 나 역시 그녀에게 그 이상으로 중요한 존재라는 걸 알게 된다. 그리고 그 사실은 내게 설명할 수 없을 만큼 많은 것을 의미한다.

이따금 그렇게 서서 그녀와 49년 가까이 부부로 살았다니 내가 참 운 좋은 사람이라는 생각에 잠긴다. 다음 달이면 49년이다. 처음 45년은 그녀가 밤마다 내 코 고는 소리를 들었지만 그 후로는 서로 각자의 방에서 잠을 청했다. 그녀가 없으면 난 쉬이 잠에 들지 못한다. 그녀의 온기가 그리워 이리저리 뒤척인다. 그러면서 사막을 굴러다니는 회전초처럼 천장 위로 그림자가 일렁이는 모습을 지켜보며 밤새 뜬눈으로 누워 있다. 운이 좋으면 두 시간 정도 눈을 붙이지만 일어나 보면 여전히 동트기 전이다. 왜 그런지 알 수 없는 노릇이다.

얼마 안 있어 이것도 전부 끝날 것이다. 나는 안다. 그녀는 모르지만. 일기장에 적는 내용이 갈수록 짧아져서 금방 쓴다. 다람쥐 쳇바퀴 도는 일상이라 이젠 간단히 적는다. 하지만 오늘 밤엔 한 간호사가 내 취향일 것 같다며 건네준 시 한 편을 옮겨 쓸 생각이다.

그전에는 느껴본 적 없었네,

그토록 갑작스럽고 그토록 달콤한 사랑을.

어여쁜 꽃처럼 활짝 핀 그녀의 얼굴이

내 마음을 완전히 빼앗아버렸네.✝

저녁은 자유 시간이라 사람들에게 자기 방에 들러달라는 요청을 받곤 한다. 내가 시를 낭송한다는 걸 알고 꼭 듣고 싶다고들 하니 보통은 부탁을 들어준다. 나이가 나이인지라 정해진 일정을 맞추는 게 힘들어 복도를 걷다가 들를 곳을 정한다. 하지만 마음

✝ 영국 시인 존 클레어의 〈첫사랑First Love〉 중.

속 깊은 곳에서는 늘 누가 나를 필요로 하는지 알고 있다. 그들은 내 친구고, 그들의 방문을 열면 내 방과 똑같이 생긴 방이 나타난다. 언제나 방 안이 컴컴한 것이 퀴즈 쇼 〈운명의 수레바퀴Wheel of Fortune〉에서 뿜어져 나오는 TV 불빛과 진행자 바나의 흰 치아만이 어둠을 밝히고 있다. 방마다 가구도 똑같고 다들 귀가 좋지 않아 TV 소리가 귀청을 때린다.

내가 방 안에 들어가 작은 소리로 말을 하면 남녀를 불문하고 다들 웃으면서 TV를 끈다. "와줘서 너무 기뻐요." 그들은 이렇게 말하고는 내 아내의 상태를 묻는다. 때로는 묻는 말에 답해준다. 그녀가 얼마나 다정하고 매력적인 사람인지, 그녀가 어떻게 세상의 아름다움을 깨닫게 해줬는지 말이다. 아니면 신혼 초기의 일들에 대해, 별이 반짝이는 남부의 밤하늘 아래 서로를 껴안고서 우리가 원한 모든 것을 가졌던 시절에 대해 설명한다. 특별한 날에는 함께 했던 모험에 대해, 뉴욕과 파리에서 열었던 미술 전시회에 대해, 혹은 비평가들이 낯선 언어로 써내려간 극찬의 기사에 대해 소곤소곤 이야기한다. 하지만 대개는 웃으면서 상태가 똑같다고 답한다. 그러면 그들은 내가 그들의 표정을 볼까 봐 내게서 고개를 돌린다. 그들도 언젠가 죽을 운명이라는 생각이 드는 것이다. 그래서 나는 그들의 두려움을 누그러뜨리기 위해 그들 곁에 앉아 시를 낭송한다.

안심하시오. 내 곁에선 마음을 놓으시오….

태양이 그대를 저버리지 않는 한, 내 그대를 저버리지 않으리니.

물이 그대를 위해 반짝이길 거부하지 않는 한,

나뭇잎이 그대를 위해 살랑이길 거부하지 않는 한,

내 말도 그대를 위해 반짝이고 살랑이길 거부하지 않으리니.✤

그런 뒤 그들에게 내가 누군지 알려주기 위해 이어서 낭송한다.

나는 밤새 환영 속을 헤맨다….

뜬눈으로 자는 사람들의 감긴 눈 위로 몸을 숙이고,

다시 방황하다 당황하여 넋을 잃는다.

어울리지 않게 자가당착에 빠져,

머뭇거리다, 응시하다, 몸을 숙였다, 멈춘다.✤✤

할 수만 있으면 내 아내도 저녁 마실에 동행했을 것이다. 그녀
가 사랑하는 수많은 것 중 하나가 시였으므로. 토머스, 휘트먼, 엘
리엇, 셰익스피어, 시편의 다윗. 글을 사랑하는 이들, 말을 창조하
는 이들. 돌아보면 시에 대한 내 열정이 놀라우면서도 지금은 가
끔 후회되기도 한다. 시는 인생에 숭고한 아름다움을 선사하면서

✤ 월트 휘트먼의 〈평범한 매춘부에게To a Common Prostitute〉 중.
✤✤ 월트 휘트먼의 〈잠자는 사람들The Sleepers〉 중.

동시에 커다란 슬픔도 가져다주는데, 그게 내 나이의 노인에게 공평한 거래인지 모르겠다. 노인이라면 가급적 다른 것들을 즐기는 게 나을 것이다. 인생의 마지막 나날은 햇빛을 쬐면서 보내는 게 좋다. 나의 말년은 독서용 램프 아래서 흘러가겠지만.

나는 그녀를 향해 느릿느릿 걸어가 침대 옆 의자에 앉는다. 앉는데 허리가 아프다. 의자에 새 쿠션을 놔야지, 하고 자신에게 백 번째 상기시킨다. 나는 손을 뻗어 뼈만 남은 연약한 그녀의 손을 잡는다. 느낌이 좋다. 그녀가 움찔하더니 엄지손가락으로 내 손을 다정하게 문지르기 시작한다. 그녀가 입을 열 때까지 나도 가만히 있는다. 이건 내가 터득한 방법이다. 보통은 해가 질 때까지 아무 말 없이 앉아 있는데, 그럴 때는 그녀의 상태에 관해 아무것도 알 수 없다.

몇 분이 지나고 마침내 그녀가 내게로 고개를 돌린다. 그녀가 울고 있다. 나는 웃으며 그녀의 손을 놓고선 주머니에 손을 넣는다. 손수건을 꺼내 그녀의 눈물을 닦아준다. 그녀가 그런 내 모습을 바라본다. 무슨 생각을 하고 있는지 궁금하다.

"아름다운 이야기였어요."

이슬비가 내린다. 작은 빗방울이 유리창을 부드럽게 두드린다. 나는 다시 그녀의 손을 잡는다. 좋은 하루가, 아주 좋은 하루가 될 것 같다. 마법 같은 하루가. 미소가 절로 지어진다.

"네, 그렇죠." 내가 그녀에게 말한다.

"댁이 썼나요?" 그녀가 묻는다. 목소리가 속삭임처럼, 나뭇잎 사이로 불어오는 산들바람처럼 들린다.

"네." 내가 답한다.

그녀가 침실용 탁자로 고개를 돌린다. 그녀의 약이 작은 컵에 담겨 있다. 내 것도 마찬가지다. 복용하는 걸 잊지 않도록 작은 알약들은 무지개색을 띠고 있다. 원래는 그러면 안 되지만 이제 직원들은 이곳 그녀의 방으로 내 약을 갖다준다.

"전에도 들은 얘기죠?"

"맞아요." 이런 날이면 늘 하던 대로 대답한다. 나는 인내하는 법을 배웠다.

그녀가 내 얼굴을 살핀다. 두 눈이 대양의 파도처럼 푸르다.

"그러니 겁이 덜 나네요." 그녀가 말한다.

"알아요." 내가 살며시 고개를 흔들며 수긍한다.

그녀가 고개를 돌리고, 나는 좀 더 기다린다. 그녀는 내 손을 놓고 물컵을 쥔다. 침실 탁자 위 약 컵 옆에 있다. 한 모금 마신다.

"그거 실화인가요?" 그녀가 몸을 살짝 일으켜 앉은 다음 또 한 모금을 마신다. 그녀의 몸은 아직 강하다. "그러니까 댁이 아는 사람들이에요?"

"네." 내가 다시 답한다. 더 말해줄 수도 있지만 보통은 하지 않는다. 그녀는 여전히 아름답다. 그녀가 뻔한 사실들을 묻는다.

"그러면 결국 둘 중 누구와 결혼했나요?"

내가 말한다. "그녀에게 맞는 남자와요."

"그 사람이 누군데요?"

내가 웃는다. "알게 될 겁니다." 그리고 조용히 답한다. "하루가 끝날 무렵이면 알게 될 거예요."

그녀는 이 말을 어떻게 받아들여야 할지 알지 못하면서도 더 이상 물어보지 않는다. 그 대신 안절부절못하기 시작한다. 내게 다른 질문을 하려고 하지만 생각이 나지 않는 것이다. 그녀는 잠시 질문을 미루기로 하고 작은 종이컵 하나로 손을 뻗는다.

"이게 내 건가요?"

"아니요, 이거예요." 내가 손을 뻗어 그녀 쪽으로 약을 민다. 손가락으로는 집을 수가 없다. 그녀가 컵을 받고 알약을 바라본다. 표정을 보니 그것의 용도가 무엇인지 모르는 눈치다. 나는 두 손으로 내 컵을 들고 입속으로 알약을 털어 넣는다. 그녀가 똑같이 따라 한다. 오늘은 다툼 없이 수월하게 지나간다. 나는 컵을 들어 건배하는 시늉을 하고 차로 불쾌한 뒷맛을 씻어낸다. 점점 한기가 돈다. 그녀는 안심하고 알약을 삼킨 뒤 물을 좀 더 마셔 목 뒤로 넘긴다.

창밖에서 새가 지저귀기 시작하자 우리 둘 다 고개를 돌린다. 우리는 한동안 조용히 앉아서 함께 아름다운 순간을 즐긴다. 그러다 새소리가 사라지고 그녀가 한숨을 쉰다.

"물어볼 게 있어요." 그녀가 말한다.

"뭐든지 물어봐요. 열심히 대답하리다."

"하지만 어렵네요."

그녀가 나를 쳐다보지 않아서 그녀의 눈동자를 볼 수 없다. 생각을 숨길 때 하는 행동이다. 어떤 것들은 절대 변하지 않는다.

"천천히 해요." 내가 말한다. 그녀가 무슨 질문을 할지 나는 안다.

이윽고 그녀가 내게로 고개를 돌리고 내 눈을 바라본다. 연인이 아니라 아이에게 지을 법한 상냥한 미소를 보인다.

"내게 너무 잘해주셔서 상처를 주고 싶진 않지만…."

나는 기다린다. 그녀의 말이 내게 상처를 줄 것이다. 내 마음을 찢고 흉터를 남길 것이다.

"댁은 누구시죠?"

우리가 크릭사이드 재택 요양원에서 지낸 지도 3년째다. 이곳에 오기로 한 건 앨리의 결정이었다. 집과 거리가 가깝기도 했지만 그 편이 내게 수월할 거라 생각해서였다. 우리 둘 다 차마 집을 팔 수 없어서 판자로 외부를 전부 막은 뒤 서류에 서명했고, 그렇게 우리가 평생 일한 이유인 자유를 일부 내놓는 대가로 살다가 죽을 장소를 얻었다.

물론 앨리의 선택은 옳았다. 우리 둘 다 몸이 성치 않았으므로 나 혼자서 헤쳐 나가긴 힘들었을 것이다. 우리 인생은 막바지에 다다랐고 시곗바늘은 빠르게 돌아가고 있었다. 요란한 소리를 내면서. 그 소리를 들을 수 있는 게 과연 나뿐인지 궁금하다.

손가락이 욱신거리며 아파오자 우리가 이곳에 들어온 후로 서로 손깍지를 낀 적이 없다는 사실이 떠오른다. 생각하니 서글프지만 그건 앨리가 아닌 내 잘못이다. 류마티스 관절염이 최악의 형태로 진행됐기 때문이다. 내 두 손은 흉측하게 일그러졌고 깨어 있는 대부분의 시간 내내 욱신거린다. 손을 보면 잘라서 없애버리고 싶지만 그러면 사소한 일조차 할 수 없을 것이다. 그래서 가끔 나는 통증에도 불구하고 스스로 갈고리발톱이라 부르는 두 손을 이용해 매일 앨리의 손을 잡는다. 그렇게 해주길 앨리가 원하니 잡으려고 최선을 다한다.

성경에는 인간이 120세까지 살 수 있다고 적혀 있지만 나는 그때까지 살기도 싫고 살고 싶다 해도 내 몸이 버텨줄 것 같지 않다. 내 몸은 장기와 관절들이 한 번에 한 조각씩 작동을 멈추고 허물어지면서 꾸준히 부식되고 있다. 두 손은 쓸 수 없고, 신장은 기능을 잃기 시작했으며, 심장박동은 매달 느려지고 있다. 그보다 심각한 문제는 또 암이 발병했다는 것이다. 이번엔 전립선으로, 보이지 않는 적과의 세 번째 싸움이다. 종국엔 녀석이 나를 쓰러뜨리겠지만 내가 때가 됐다고 말하기 전까지는 안 될 것이다. 의사들은 나를 걱정하지만 나는 그렇지 않다. 내겐 이 인생의 황혼기에 걱정할 시간이 없다.

우리의 다섯 아이 중에 넷이 여전히 살아 있다. 다들 상황이 여의치 않음에도 종종 찾아오니 나로선 감사하다. 이곳에 있지 않아도 녀석들 하나하나가 매일같이 내 마음속에 생생히 살아 있다. 아이들을 생각하면 가정을 일구면서 지었던 웃음과 눈물이 머릿속에 떠오른다. 내 방 벽면에는 가족사진 열두 장이 줄지어 걸려 있다. 아이들은 내가 남긴 유산이자 내가 세상에 뭔가를 기여했다는 증거다. 그런 아이들을 남긴 내가 무척 자랑스럽다. 때로 아내가 꿈속에서 아이들을 어떻게 그리는지, 꿈속에 아이들이 등장하긴 하는지, 아니 꿈은 꾸는지 궁금하다. 앨리에겐 내가 더 이상 이해할 수 없는 게 너무 많다.

아버지가 내 인생을 뭐라고 생각할지, 그가 나라면 어떻게 했을지도 궁금하다. 40년간 못 본 탓에 이제 아버지는 내 머릿속에 희미한 흔적으로만 남아 있다. 더는 아버지를 또렷하게 떠올릴 수가 없다. 마치 빛을 등지고 서 있는 것처럼 얼굴이 어두컴컴하다. 내 기억력이 흐려져서인지, 아니면 그저 세월이 흘러서인지 잘 모르겠다. 딱 한 장밖에 남지 않은 사진 역시 빛이 바랬다. 또 10년이 지나면 이 사진도 나도 사라질 테고, 그러면 아버지에 대한 기억은 모래 위의 글씨처럼 지워질 것이다. 일기장이 없다면 내 인생의 절반을 부인할지도 모르겠다. 내가 살아온 긴 세월이 사라진 것만 같다. 심지어 요즘에는 일기를 읽으면서도 이 글을 썼을 때의 내가 누구인지 모르겠다. 지나간 사건들이 도통 기억이 안 나니 말이다. 가끔은 가만히 앉아서 그 모든 세월이 다 어디로 사라졌나 생각한다.

"내 이름은 듀크*요." 내가 말한다. 난 언제나 존 웨인의 팬이었다.

"듀크." 그녀가 혼자 속삭인다. "듀크." 이마를 찌푸리면서 심각한 표정으로 잠시 고민한다.

"네." 내가 답한다. "내가 당신 곁에 있어요." 그리고 영원히 그럴 거예요, 하고 속으로 생각한다.

그녀가 내 대답에 얼굴을 붉힌다. 두 눈이 붉어지며 물기가 어리더니 눈물이 떨어지기 시작한다. 그녀를 보니 심장이 아려와 내가 할 수 있는 게 있으면 좋겠다고 천 번째로 기도한다. 그녀가 말한다.

"미안해요. 지금 나한테 무슨 일이 일어나고 있는 건지 모르겠어요. 댁이 누군지도요. 그쪽이 해주는 얘기를 들을 땐 아는 사람인 것만 같았는데 기억이 안 나요. 심지어 내 이름도 모르겠어요."

그녀가 눈물을 닦으며 말한다. "도와줘요, 듀크. 내가 누군지 기억하게 도와줘요. 적어도 내가 누구였는지라도요. 머릿속이 혼란스러워요."

나는 진심으로 대답하면서도 그녀의 이름은 거짓으로 지어낸다. 내 이름과 마찬가지로. 이러는 데는 이유가 있다.

"당신은 한나예요. 삶을 사랑하고 친구들에게 힘이 돼준 사람이죠. 당신은 꿈이고, 행복의 창조자고, 수천 명의 영혼을 감동

✤ 미국 서부극의 전설인 배우 존 웨인이 스스로 지은 별명.

시킨 화가예요. 충만한 인생을 살았고 영적인 것을 추구하며 자신의 내면만 들여다봤기에 마음이 부유했어요. 당신은 다정하고 고결하고 남들은 보지 못하는 아름다움을 볼 줄 알아요. 훌륭한 교훈을 가르쳐주는 선생님이자 더 나은 것들을 꿈꾸는 몽상가였어요."

나는 잠깐 말을 멈추고 숨을 고른다. 그리고 말을 잇는다. "한나, 혼란스러워할 필요 없어요."

어떤 것도 잃거나 잃을 수 없다.
천성도, 정체성도, 모습도—세상의 그 무엇도,
삶도, 힘도, 눈에 보이는 그 어떤 것도….
육신은 둔하고 나이 들고 차가우나
꺼져가는 난로의 작은 불씨도
…때가 되면 다시 타오르게 될지니.✢

그녀가 내가 읊은 시를 되새긴다. 침묵 속에서 나는 창밖을 내다보다 어느덧 비가 멈췄음을 알아차린다. 햇빛이 그녀의 방으로 스며들기 시작한다. 그녀가 묻는다.

"댁이 썼어요?"

✢ 월트 휘트먼의 〈이어짐Continuities〉 중.

"아니요, 월트 휘트먼이요."

"누구요?"

"글을 사랑하는 사람, 생각에 형태를 부여하는 사람이요."

그녀는 곧장 답하는 대신 나를 한참 바라본다. 우리의 호흡이 우연히 일치할 때까지. 들이쉬고, 내쉬고, 들이쉬고, 내쉬고, 들이쉬고, 내쉬고. 심호흡이 이어진다. 내가 그녀를 아름답다고 생각하는 걸 아는지 궁금하다.

"잠시 내 곁에 머물러주시겠어요?" 마침내 그녀가 묻는다.

내가 웃으며 고개를 끄덕인다. 그녀도 마주 웃는다. 그녀가 내 손을 잡더니 살며시 쥐고는 자기 가슴 쪽으로 가져간다. 내 손가락을 흉하게 변형시킨 딱딱한 옹이를 물끄러미 보더니 부드럽게 쓰다듬는다. 그녀의 손은 아직 천사 같다.

"자." 내가 힘겹게 일어서며 말한다. "산책하러 갑시다. 공기도 신선하고 새끼 거위들도 기다리고 있어요. 오늘 날씨가 끝내주네요." 나는 마지막 말을 하면서 그녀를 쳐다본다.

그녀가 얼굴을 붉힌다. 그 모습을 보니 다시 젊어지는 것 같다.

당연히 앨리는 유명 인사였다. 20세기 최고의 남부 화가 중 하나라고 말하는 이들도 있었다. 나는 앨리가 그때도 지금도 자랑스럽다. 아주 단순한 시구절을 쓰는 데도 애를 먹는 나와 달리 아내는 하느님이 세상을 창조하신 것처럼 아름다움을 손쉽게 창조할 수 있었다. 전 세계 미술관에 앨리의 그림이 걸려 있지만 내가 보관하고 있는 건 두 점뿐이다. 앨리가 내게 처음으로 준 그림과 마지막으로 준 그림. 둘 다 내 방에 걸려 있는데, 늦은 밤 앉아서 그림을 감상하다 보면 가끔씩 눈물이 흐른다. 나도 왜인지는 모르겠다.

그렇게 세월이 흘렀다. 우리는 일하고 그림을 그리고 아이를 키우고 서로를 사랑하며 삶을 일궜다. 나는 크리스마스, 가족여행, 졸업식, 결혼식 사진들을 본다. 손주들의 행복한 얼굴도 본다. 우리 두 사람의 머리칼이 하얗게 세고 얼굴에 주름이 깊이 패는 과정을 본다. 너무나 전형적인, 하지만 평범하지 않은 일생이다.

우리는 미래를 내다볼 수 없었다. 하기야 누군들 볼 수 있겠는가? 현재의 내 삶은 기대한 것과 다르다. 그런데 내가 뭘 기대했을까? 은퇴한 뒤 손주들도 만나고 여행도 더 많이 즐기는 말년이었겠지. 앨리는 언제나 여행을 좋아했다. 나는 취미를 가져볼까 생각했었다. 딱히 정하진 않았지만 배 만들기도 괜찮았으리라. 지금 내 손으로는 꿈도 못 꿀, 작고 정교한 배를 만들어 병 속에 넣는 거다. 하지만 그렇다고 억울하진 않다.

우리의 인생을 말년으로 측정할 수 없다는 건 분명하다. 그래도 우리 앞에 어떤 삶이 놓여 있는지 알아차렸어야 했다. 이제 와서 돌아보면 뚜렷이 보이지만 처음에는 앨리의 정신없는 행동이 특이할 것 없는, 그럴 수 있는 거라 생각했다. 열쇠를 어디에 두었는지 깜빡하는 일이 잦았지만 누군들 안 그러는가? 이웃의 이름을 까먹는 일도 있었지만 우리가 잘 알지도 못하고 어울리지도 않는 사람이었다. 수표를 작성하면서 연도를 잘못 기입하기도 했지만 이것도 딴생각을 하다 저지른 단순한 실수라고 치부했다.

보다 확실한 사건들이 벌어지고 나서야 나는 최악의 경우를 의심하기 시작했다. 냉장고에 다리미를 넣고, 식기세척기에 옷을 넣고, 오븐에 책을 넣는 것처럼. 이건 일부에 불과했다. 앨리가 세 블록 떨어진 곳에 차를 세워놓고 집으로 가는 길을 못 찾겠다며 운전석에 앉아 울고 있는 모습을 발견한 날, 나는 처음으로 겁이 났다. 앨리도 겁에 질려 있었다. 내가 차창을 두드리자 앨리는 나를 향해 고개를 돌리며 말했다. "오, 주여. 나한테 무슨 일이 벌어지고 있는 거야? 나 좀 도와줘." 가슴이 찢어졌지만 나는 감히 최악을 생각하지 않았다.

엿새 뒤 의사를 찾아가 일련의 테스트를 받았다. 그때도 지금도 나는 무슨 테스트인지 알지 못하는데 아마 아는 게 두려워서가 아닌가 싶다. 약 한 시간을 반웰 박사와 보내고 다음 날 다시 병원을 찾아갔다. 그날이 내 인생에서 가장 긴 하루였다. 잡지를 뒤적거렸지만 눈에 들어오지 않았고 게임을 했지만 머리에 들어오지 않았다. 이윽고 박사가 우리를 진료실로 불러 앉혔다. 앨리가 내 팔을 힘껏 붙잡았지만 내 두 손은 떨리고 있었던 게 또렷이 기억난다.

"이런 말씀을 드리게 돼서 정말 유감입니다만." 반웰 박사가 운을 뗐다. "환자분은 알츠하이머 초기 단계인 것 같습니다…."

머릿속이 하얘지면서 아무 생각이 안 났다. 머리 위로 조명이 빛나고 있다는 것 외에는. 그 말이 머릿속에 울려 퍼졌다. '알츠하이머 초기 단계….'

온 세상이 빙글빙글 돌았다. 앨리가 내 팔을 꽉 붙들면서 혼잣말처럼 속삭였다. "아, 노아… 노아…."

눈물이 떨어지면서 그 말이 되돌아왔다. '…알츠하이머….'

알츠하이머는 사막처럼 공허하고 생명이라고는 살지 않는 불모의 질병이다. 심장과 영혼과 기억을 앗아가는 도둑이다. 앨리가 내 가슴에 기대 흐느끼며 울자 나는 뭐라 말해야 할지 몰라 그저 그녀를 안고 앞뒤로 몸을 흔들기만 했다.

박사의 표정이 침울했다. 그는 좋은 사람이었고 이건 그에게도 힘든 일이었다. 막내 아이보다 어린 그의 존재로 인해 내 나이가 실감이 났다. 나는 혼란스러웠고 내 사랑하는 아내는 떨고 있었다. 머릿속에 생각나는 거라곤 이 문장뿐이었다.

물에 빠진 사람은 어느 물방울이

그의 마지막 숨을 멎게 했는지 알 수 없다….✤

✤ 영국 궁정시인 찰스 세들리의 〈클로리스에게To Cloris〉 중.

지혜로운 시인의 말이었지만 내겐 어떤 위로도 되지 않았다. 그게 무슨 의미인지, 왜 그 구절이 떠올랐는지 나도 모르겠다.

함께 몸을 앞뒤로 흔들고 있는데 나의 꿈이자 변치 않는 아름다움인 앨리가 내게 미안하다고 말했다. 용서할 것이 없었기에 나는 앨리의 귀에 대고 속삭였다. "다 괜찮아질 거요." 이렇게 소곤거렸지만 속으로는 두려웠다. 나는 고물이 된 난로 연통처럼 속이 텅 비어 아무것도 해줄 수 없는 무력한 사람이었다.

반웰 박사가 계속 설명했지만 아주 작은 조각들밖에 기억나지 않는다.

"이 병은 기억력과 성격에 영향을 미치는 퇴행성 뇌 질환입니다…. 낫지도 않고 치료법도 없습니다…. 얼마나 빨리 병이 진행될지는 말씀드리기 힘들어요…. 사람마다 다르거든요…. 좀 더 알려드릴 수 있으면 좋겠지만…. 어떤 날은 다른 날보다 상태가 좀 더 좋을 겁니다…. 시간이 지날수록 악화될 테지만요…. 이런 말씀을 드리게 돼서 죄송합니다…."

죄송합니다….

죄송합니다….

죄송합니다….

모두가 미안해했다. 자식들은 가슴 아파했고 친구들은 겁을 집어먹었다. 진료실을 나선 것도, 집으로 차를 몬 것도 기억나지 않는다. 그날에 대한 내 기억은 사라졌다. 이 부분은 아내나 나나 마찬가지다.

이제 4년째다. 그날 이후로 우리는 나름 최선을 다해왔다. 그게 가능하다면 말이다. 앨리는 그녀의 성격에 맞게 일을 처리했다. 집을 떠나 이곳에 들어올 준비를 했고, 유언장은 다시 써서 봉해 두었다. 장례에 관한 지시 사항도 자세히 써두었는데 내 책상 맨 아래 서랍에 들어 있다. 나도 읽어본 적은 없다. 그런 다음에는 친구들과 자식들에게 편지를 쓰기 시작했다. 형제자매들과 사촌들, 조카들과 이웃들, 그리고 내게도.

나는 기분이 울적할 때 그 편지를 읽곤 한다. 그럴 때면 추운 겨울밤 앨리가 활활 타오르는 난롯가에 앉아 와인 잔을 곁에 둔 채 내가 몇 년에 걸쳐 그녀에게 썼던 편지를 읽는 모습이 떠오른다. 앨리가 그 편지들을 보관했고 지금은 그녀의 부탁으로 내가 간직하고 있다. 앨리의 판단이 옳았다. 앨리가 하던 것처럼 나도 야금야금 꺼내 읽는 걸 즐기고 있으니. 그 편지들을 하나씩 훑어보고 있자면 낭만과 열정은 나이를 가리지 않음을 깨닫게 돼 아주 흥미롭다. 지금도 앨리를 보면 내가 그 어느 때보다 그녀를 사랑한다는 걸 알지만, 그 편지들을 읽으면서 내 사랑은 항상 같았다는 사실을 깨우친다.

사흘 전 취침 시간이 한참 지나서 그 편지들을 읽었다. 새벽 2시쯤 책상으로 가서 부피가 두툼한 낡은 편지 꾸러미를 찾았다. 거의 반세기나 된 리본을 풀고는 앨리의 엄마가 아주 오래전에 숨

겼던 편지들과 그 후에 쓴 편지들을 들추었다. 내 사랑을 고백하는 편지들, 내 진심을 담은 편지들. 편지로 이루어진 생애였다. 나는 얼굴에 미소를 띤 채 편지를 뒤적이며 까다롭게 선별하다가 마침내 우리의 첫 결혼기념일에 쓴 편지를 펼쳤다.

그리고 일부분을 읽었다.

당신이 배 속에 새 생명을 품고서 느릿느릿 움직이는 모습을 볼 때면 당신이 내게 얼마나 중요한 존재인지, 올해가 얼마나 특별한 한 해였는지 알아줬으면 하는 마음이 들어. 나보다 축복받은 사람은 없을 거야. 온 마음을 다해 널 사랑해.

그 편지를 치워두고 꾸러미를 찬찬히 살피다가 다른 편지를 찾는다. 이번엔 39년 전 어느 추운 밤에 쓴 편지다.

우리 막내딸이 학교 크리스마스 공연에서 음정을 다 틀려가며 노래를 부를 때였지. 내 옆에 앉아 있는 당신에게서 뼛속 깊이 진심으로 느껴본 사람들만 가질 수 있는 자부심을 봤어. 그때 나보다 더 운 좋은 남자는 없다는 생각이 들었지.

그리고 아내를 쏙 빼닮은 아들 녀석이 죽었을 때… 우리는 인생에서 가장 힘든 시기를 겪었다. 그때 쓴 글은 아직도 가슴을 울린다.

슬픔과 비탄 속을 헤맬 때 내가 당신을 안고 다독여줄게. 당신의 슬픔을 내 것처럼 여길게. 당신이 울면 나도 울고 당신이 아프면 나도 아파. 우리가 함께라면 폭포처럼 흐르는 눈물과 절망을 견디고 인생의 고난들을 헤쳐 나갈 수 있을 거야.

나는 그 아이를 떠올리며 잠시 읽기를 멈춘다. 아들은 당시 겨우 네 살의 어린아이였다. 내가 산 세월은 그 아이의 스무 배지만 혹여 누가 그 애와 내 인생을 바꾸겠냐고 묻는다면 기꺼이 그럴 것이다. 자식을 앞세우는 건 끔찍한 일이다. 누구도 겪지 말아야 할 비극이다.

눈물을 거두려고 애쓰며 기분을 전환시키기 위해 편지를 좀 더 뒤적거린다. 그러다 우리의 스무 번째 결혼기념일에 쓴 편지를 발견한다. 이건 훨씬 읽기 쉽다.

아침에 샤워하기 전의 당신을 볼 때면, 혹은 스튜디오에서 헝클어진 머리와 피곤에 찌든 두 눈으로 물감에 뒤덮여 있는 당신을 볼 때면, 당신이 세상에서 가장 아름다운 여자라는 걸 새삼 깨달아.

삶과 사랑이 담긴 편지들이 이어졌다. 나는 고통스럽기도 하고 더할 나위 없이 가슴 따뜻하기도 한 수십 통의 편지를 좀 더 읽었다. 3시쯤 되자 피곤이 몰려왔지만 꾸러미가 바닥을 드러냈다. 내가 앨리에게 마지막으로 쓴 편지 한 통만이 남았다. 그 편지를 보자 계속 읽어야 한다는 걸 알았다.

나는 봉투를 열어 편지지를 꺼냈다. 두 번째 장은 치워놓고 첫 번째 장을 좀 더 밝은 곳으로 가져가 읽기 시작했다.

사랑하는 앨리에게.

테라스는 그림자들의 부유하는 소리만 있을 뿐 적막이 감돌고 있소. 이번에는 뭐라고 적어야 할지 모르겠소. 당신을, 그리고 우리가 함께한 삶을 생각하면 기억할 게 너무 많은 나로선 신기한 경험이오. 추억거리로 가득한 인생이었지. 하지만 그걸 글로 표현한다? 가능할지 모르겠소. 난 시인은 아니지만 당신에 대한 감정을 온전히 표현하려면 시가 있어야 하오.

그래서 정처 없이 상념에 잠기다 오늘 아침, 커피를 만들면서 우리가 함께한 삶을 생각한 게 떠오르는구려. 케이트도 제인도 그곳에 있었지. 부엌에 들어갔더니 둘 다 조용해지는 거요. 애들이 울고 있는 걸 보고 말없이 옆에 앉아 손을 잡아주었소. 그런데 그 애들에게서 내가 무엇을 봤는지 알아요? 오래전 작별 인사를 하던 날의 당신을 봤소. 그때의 당신과 당신의 행동을 똑 닮았어. 아름답고, 감성적이고, 소중한 것을 빼앗길 때 생긴 상처로 아파하는 당신을. 그때 왠지 몰라도 애들한테 이야기를 들려줘야겠다는 마음이

들었지.

제프와 데이비드가 집에 있어서 다들 부엌으로 불렀소. 아이들이 자리에 앉자 우리에 대해, 오래전 당신이 내게 어떻게 돌아왔는지에 대해 들려줬지. 함께 산책한 다음 부엌에서 저녁 식사로 게를 먹었던 일은 물론이고. 카누를 탔던 일과 밖에서 폭풍이 몰아치는데 난로 앞에 앉아 있던 부분에서 다들 미소를 띠며 귀를 기울였소. 당신 엄마가 다음 날 론에 대해 경고했던 얘기가 나올 때 우리가 그랬듯이 애들도 놀라더군. 그리고 그래요, 그날 당신이 시내로 돌아간 다음 벌어진 일도 전부 말해줬소.

많은 세월이 흘렀는데도 그 이야기의 일부분은 내 머리에 화석처럼 박혀 있소. 그 자리에 있지도 않았고 당신에게 딱 한 번밖에 듣지 못했는데도 불구하고 당신이 그날 보여준 강인함에 놀랐던 것을 기억하오. 로비에 들어가서 론을 봤을 때 당신 머릿속에 어떤 생각이 오갔는지, 그와 대화를 하면서 어떤 기분이었을지 난 여전히 상상이 안 돼요. 당신이 그랬지, 론과 함께 호텔에서 나가 오래된 감리교회 옆에 놓인 벤치에 앉았다고. 그리고 당신이 이곳을 떠날 수 없다고 설명하는데도 론이 당신의 손을 놓지 않았다고.

당신이 론을 좋아했다는 거 알아요. 론의 반응을 보면 그 역시 당신을 좋아한 게 분명하오. 아니, 론은 당신을 잃는다는 걸 납득할 수 없었을 거요. 어떻게 받아들일 수 있겠소? 당신이 날 사랑하지 않은 적이 없다고, 그에게 공평하지 못하다고 설명할 때조차 론은 당신의 손을 놓지 않았지. 아마 상처받고 화났을 거요. 그래서 거의 한 시간 동안 당신의 마음을 돌리려고 애썼지. 하지만 당신이 단호히 일어서서 "함께 돌아갈 수 없어요. 정말 미안해요"라고 말하자 되돌릴 수 없는 결심이라는 걸 깨달았소. 론은 그저 고개를 끄덕였고, 둘은 한참을 말없이 앉아 있었다고 했지. 론이 그때 당신 곁에 앉아 무슨 생각을 했을지 늘 궁금했소. 내가 겨우 몇 시간 전 느꼈던 기분과 분명 똑같지 않았을까. 당신이 그랬지, 론이 마침내 당신을 차까지 바래다주면서 나더러 복 받은 남자라고 했다고. 그 사람의 행동은 참으로 신사다웠소. 왜 당신이 그토록 선택을 힘들어했는지 그제야 이해가 가더군.

이야기를 끝마쳤을 땐 방 안이 고요했지. 그러다 끝내 케이트가 일어나 나를 껴안아줬던 게 기억나는구려. "아, 아빠." 케이트가 눈물을 글썽이며 말했지. 질문에 답을 해야 하리라 생각했는데 애들은 아무것도 묻지 않았소. 그 대신 훨씬 더 특별한 것을 내게 줬지.

그 후로 네 시간 동안 아이들은 돌아가며 어릴 적 우리가 녀석들에게 얼마나 커다란 존재였는지 말해주었소. 나는 잊은 지 오래된 이야기를 한 녀석씩 들려주더군. 끝날 무렵엔 아이들을 너무나 잘 키웠다는 생각에 눈물이 났소. 녀석들이 더없이 자랑스러웠고, 당신이 자랑스러웠고, 우리가 일궈온 인생이 자랑스러웠소. 그 무엇도 그걸 빼앗아가진 못할 거요. 세상 그 무엇도. 내가 바라는 건 단 하나, 당신이 이곳에서 나와 함께 그걸 즐겼으면 하는 것뿐이오.

아이들이 떠난 뒤 흔들의자에 가만히 앉아 우리가 함께한 인생을 되돌아보았소. 그럴 때마다 당신은 이곳에 나와 함께 있어요. 적어도 내 마음속에서는. 당신이 내 일부가 아니었던 때를 기억하는 건 불가능하오. 그날 당신이 돌아오지 않았다면 내가 어떤 사람이 되었을지는 모르겠지만 후회 속에서 살다가 죽었으리라는 건 의심의 여지가 없소. 다행히 그런 일은 생기지 않았지만.

사랑하오, 앨리. 당신 덕분에 지금의 내가 있는 거요. 당신이 그 모든 이유고, 모든 희망이고, 내가 간직해온 모든 꿈이오. 앞으로 어떤 일이 일어나더라도 우리가 함께하는 모든 날이 내 인생 최고의 날이 될 거요. 난 언제나 당신 거예요.

그리고 내 사랑, 당신은 언제나 나의 것이오.

노아.

편지지를 치우고선 앨리가 나와 함께 테라스에 앉아서 처음으로 이 편지를 읽었을 때를 떠올렸다. 붉은 석양이 띠처럼 여름 하늘을 가른 초저녁이었다. 낮의 마지막 흔적들이 사라지고 하늘 색이 서서히 변하고 있었다. 나는 석양을 바라보며 낮이 느닷없이 밤으로 변하는 그 짧은 명멸의 순간을 생각했다.

그러면서 황혼이 환상에 불과하다는 걸 깨달았다. 태양은 지평선 위에 있거나 아래에 있거나 둘 중 하나지 않은가. 그리고 이는 낮과 밤이 보기 드문 방식으로 연결되어 있음을 의미한다. 하나가 없으면 나머지 하나도 없지만 둘이 동시에 존재할 수는 없다. 그때 늘 함께 있으면서도 영원히 떨어져 있는 건 어떤 기분일지 궁금했다.

돌아보면 앨리가 그 편지를 선택한 순간 그 질문이 딱 떠올랐다는 사실이 아이러니하다. 물론 지금은 그 답을 안다는 것도 아이러니하다. 이젠 낮과 밤처럼 항상 같이 있으면서도 영원히 떨어져 있는 게 어떤 건지 나는 안다.

앨리와 내가 오늘 오후 앉아 있는 곳은 아름답기 그지없다. 지금이 내 인생의 절정이다. 차가운 강물 위에 거위 같은 새 친구들이 둥둥 떠 있다. 갖가지 색깔이 물에 비쳐서 새의 몸통이 실제보다 더 커 보인다. 앨리 역시 그 경이로운 풍경에 푹 빠져 있다. 우리는 다시 조금씩 서로를 알아간다.

"댁과 얘기하니 좋네요. 그리 길지 않은 시간이었는데도 그리울 것 같아요."

내 말이 진심이라는 것을 알지만 앨리는 여전히 경계를 풀지 않는다. 나는 낯선 사람이다.

"우리가 자주 이렇게 하나요?" 앨리가 묻는다. "자주 여기 앉아서 새를 보나요? 내 말은, 우리가 서로를 잘 알아요?"

"그렇기도 하고 아니기도 해요. 모든 사람에겐 비밀이 있잖아요. 하지만 우린 몇 년 동안 알고 지냈어요."

앨리가 그녀의 손을 보다가 내 손을 쳐다본다. 그리고 잠시 생각에 빠진다. 갸우뚱하게 고개를 젖힌 앨리의 얼굴이 또다시 젊어 보인다. 우리는 결혼반지를 끼고 있지 않다. 이것 역시 이유가 있다. 앨리가 묻는다.

"결혼한 적 있나요?"

내가 고개를 끄덕인다.

"네."

"아내는 어떤 사람이었어요?"

나는 사실대로 말한다.

"내 꿈이었어요. 그녀 덕분에 지금의 내가 존재하죠. 내게는 아내를 안고 있는 게 내 심장이 뛰는 것보다 더 자연스러운 일이었어요. 언제나 그녀를 생각한답니다. 심지어 지금 이곳에 앉아서도 그녀를 생각하죠. 다른 사람은 꿈도 꾼 적 없어요."

앨리가 내 말을 가만히 받아들인다. 그 말을 어떻게 생각하는지 알 수 없다. 마침내 앨리가 나직이 말한다. 목소리가 청아하면서도 관능적이다. 내가 이런 생각을 한다는 걸 알지 모르겠다.

"죽었나요?"

죽는다는 게 뭘까? 의문이 들지만 입 밖으로 뱉지는 않는다. 그 대신 이렇게 답한다. "아내는 내 마음속에 살아 있어요. 영원히 그럴 겁니다."

"아직도 아내를 사랑하는군요?"

"당연하죠. 하지만 난 많은 것을 사랑해요. 당신과 함께 이곳에 앉아 있는 것도 좋아하고, 아끼는 사람과 이곳의 아름다움을 공유하는 것도, 물수리가 강물로 달려들어 먹잇감을 낚아채는 모습을 보는 것도 좋아하죠."

앨리는 잠시 말이 없다. 고개를 돌리는 바람에 얼굴을 볼 수가 없다. 몇 년째 계속되는 버릇이다.

"왜 이렇게 하는 거죠?" 두려움이 아닌 호기심에서 나온 질문이다. 좋은 신호다. 앨리의 의도가 뭔지 알지만 그래도 되묻는다.

"뭐가요?"

"왜 나와 하루를 보내는 거예요?"

내가 웃는다.

"여기가 내가 있어야 할 곳이니까요. 아주 간단한 문제예요. 우리 둘 다 함께 있는 걸 좋아하니까. 이 시간을 빼앗지 말아주세요. 이건 시간 낭비가 아니라 내가 원하는 일이에요. 이곳에 앉아서 당신과 대화도 나누고 혼자 생각에도 잠기는데, 이보다 더 좋은 일이 뭐가 있겠어요?"

앨리가 내 눈을 쳐다본다. 잠시, 아주 잠시, 앨리의 눈이 반짝인다. 입가에 작은 미소가 어린다.

"나도 댁과 함께 있는 게 좋아요. 내 호기심을 자극하는 게 목적이라면 성공이네요. 댁과 말동무하는 게 즐겁다는 건 인정해요. 하지만 난 댁에 관해 아는 게 없어요. 댁이 살아온 이야기를 해달라는 건 아니지만 댁은 왜 이토록 비밀에 싸여 있죠?"

"어디선가 읽었는데 여자들은 신비로운 낯선 남자를 좋아한다더군요."

"보세요, 얼렁뚱땅 넘어가는 거. 댁은 내 질문에 거의 답하지 않아요. 심지어 오늘 아침에 그 이야기가 어떻게 끝나는지도 말해주지 않았잖아요."

내가 어깨를 으쓱한다. 우리는 잠깐 조용히 앉아 있는다. 마침내 내가 묻는다.

"정말인가요?"

"뭐가요?"

"여자들이 신비로운 낯선 남자를 좋아한다는 거요."

앨리가 그 말을 생각하더니 웃는다. 그런 뒤 내가 예상한 대로 답한다.

"어떤 여자들은 그런 것 같아요."

"당신은요?"

"날 곤란하게 만들지 말아요. 그 정도로 댁을 잘 알지 못하니까." 앨리가 내게 장난을 치고 나는 그것을 즐긴다.

우리는 조용히 앉아서 우리를 둘러싼 세상을 바라본다. 이러는 법을 배우는 데 평생이 걸렸다. 오직 나이 든 사람만이 아무 말 하지 않고 나란히 앉아 있는 것에 만족감을 느낄 수 있나 보다. 경솔하고 참을성 없는 젊은이들은 언제나 침묵을 깨트리고 만다. 침묵은 순수하고 성스러우므로, 이는 낭비다. 서로를 편하게 느끼는 사람들만이 말없이 앉아 있기 때문에 침묵은 사람들을 가깝게 만든다. 엄청난 모순이 아닐 수 없다.

시간이 흐르고 오늘 아침처럼 우리의 호흡이 점차 일치되기 시작한다. 깊은 호흡이 편안한 호흡으로 바뀌고 어느 순간 서로를 편히 여기는 사람들이 자주 그러듯 앨리가 꾸벅꾸벅 존다. 젊은이들이 이런 걸 즐길 수 있을지 의문이다. 마침내 앨리가 눈을 뜨자 기적이 일어난다.

"저 새 보여요?" 앨리가 새를 가리키고 나는 눈을 부릅뜬다. 놀랍게도 보인다. 햇빛이 밝아서 보이는 것이다. 나도 가리킨다.

"붉은부리큰제비갈매기요." 내가 나직이 말한다. 우리는 온 신경을 집중해 새가 브라이스 크릭을 미끄러지듯 날아가는 모습을 바라본다. 그리고 오래된 습관을 다시 꺼내듯 나는 팔을 내려 앨리의 무릎에 손을 올리고 앨리는 내가 그러도록 내버려둔다.

내가 대답을 회피한다는 앨리의 말은 사실이다. 앨리가 기억을 완전히 잃어버린 이런 날에는 대답을 얼버무리고 만다. 지난 몇 년 동안 조심성 없이 말실수를 하는 바람에 의도치 않게 수차례 아내에게 상처를 줬고 다시는 그러지 않으리라 다짐했다. 그래서 자제력을 발휘해 앨리가 물어보는 것들에만 답하는데, 때로는 자세히 말하지 않는다. 내가 먼저 말하는 법은 절대 없다.

이건 좋으면서 나쁘기도 한 고육지책이지만 아는 데는 고통이 따르므로 어쩔 수 없다. 고통을 줄이기 위해 대답을 제한한다. 앨리가 아이들의 존재나 우리가 부부라는 것을 결국 깨닫지 못하고 지나가는 날도 있다. 그 부분은 마음이 아프지만 나는 이 방식을 지속할 것이다.

진솔하지 못한 게 아니냐고? 그럴 수도 있다. 하지만 나는 앨리가 그녀의 인생에 관해 쏟아지는 정보에 충격을 받고 낙담하는 모습을 본 적이 있다. 자신에게 중요한 모든 사실을 잊었다는 것을 깨닫고선 눈시울을 붉히고 턱이 떨리는 일 없이 거울에 비친 자신을 쳐다보는 게 가능할까? 나도 앨리도 불가능하다. 이 험난한 여정을 떠났을 때 그게 내 시작점이었다. 그녀의 인생, 그녀의 결혼, 그녀의 자식들. 그녀의 친구와 일까지. 〈이것이 당신의 인생이다This Is Your Life〉라는 게임 쇼라도 진행하는 것처럼 질문과 답이 이어졌다.

우리 둘 다에게 힘든 나날이었다. 나는 앨리의 삶 속 사람, 대상, 장소에 대해 알려주는 백과사전이자 감정 없는 물건이었다. 사실 그것들을 가치 있게 만드는 건 그 속에 깃든 사연이었지만 그건 내가 알 수도 답할 수도 없는 부분이었다. 앨리는 기억하지 못하는 자식의 사진을 들여다보고, 어떤 영감도 주지 못하는 붓을 붙들고, 아무 즐거움도 느끼지 못하는 연애편지를 읽곤 했다. 그렇게 시간이 갈수록 쇠약해지고 창백해지고 고통스러워하다가 결국 아침보다 악화된 상태에서 하루를 마무리했다. 우리가 함께한 나날은 사라졌고 앨리는 길을 잃었다. 그리고 이기적이지만 나도 그랬다.

그래서 나는 전략을 바꿨다. 생각의 미스터리를 탐험하는 마젤란이자 콜럼버스가 되어 갈팡질팡하면서 천천히 꼭 해야 하는 것들을 배워나갔다. 또 어린아이라면 당연히 아는 진리를 깨우쳤다. 인생은 작은 순간들의 집합일 뿐이라는 것을, 모든 이들이 하루에 하루의 삶을 산다는 것을 말이다. 꽃과 시에서 아름다움을 발견하고 동물에게 말을 거는 일로 하루를 보내야 한다는 것을. 몽상과 석양과 상쾌한 산들바람을 즐기는 것보다 나은 하루는 없다는 것을. 하지만 무엇보다도 인생은 시냇가의 허름한 벤치에서 앨리의 무릎에 손을 올려놓고 앉아 있는 것, 때로 운 좋은 날에는 사랑에 빠지기도 하는 것임을.

"무슨 생각해요?" 앨리가 물었다.

어스름 무렵이다. 우리는 벤치에서 일어나 건물로 구불구불 이어지는, 가로등이 켜진 길을 느릿느릿 걷고 있다. 앨리는 내 팔을 잡고 나는 그녀를 에스코트한다. 이렇게 하자고 한 건 앨리의 생각이다. 내게 반한 것 같다. 어쩌면 내가 넘어지는 게 싫은 건지도 모르겠지만. 어느 쪽이든 나는 혼자 미소 짓는다.

"당신 생각을 하고 있어요."

앨리가 아무 말 없이 내 팔을 꼭 쥔다. 대답이 마음에 드는 것이다. 앨리 자신은 잘 모르지만 함께한 세월이 있기에 나는 힌트를 알아차릴 수 있다. 내가 말을 잇는다.

"당신은 당신이 누군지 기억하지 못하겠지만 나는 기억해요. 당신을 보면 기분이 좋아져요."

앨리가 내 팔을 치면서 웃는다. "덱은 마음씨 따뜻하고 친절한 사람이에요. 내가 예전에도 지금만큼 댁과 있는 걸 즐거워했으면 좋겠군요."

우리는 좀 더 걷는다. 마침내 앨리가 말한다. "할 말이 있어요."

"말해보세요."

"저를 흠모하는 사람이 있는 것 같아요."

"흠모하는 사람이요?"

"네."

"그렇군요."

"안 믿기세요?"

"믿습니다."

"당연하죠."

"왜죠?"

"왜냐면 그게 당신이거든요."

앨리와 팔짱을 낀 채 방들을 지나 뜰을 지나 말없이 걸으면서 나는 그 말에 대해 생각한다. 우리는 야생화가 흐드러진 정원에 도착한다. 내가 앨리를 멈춰 세운다. 빨강, 분홍, 노랑, 보라. 꽃들을 꺾는다. 꽃다발을 건네자 앨리가 코에 갖다 댄다. 눈을 감고 냄새를 맡더니 속삭인다. "아름다워요." 앨리가 한 손에는 내 손을 잡고, 다른 손에는 꽃다발을 들고 다시 나와 함께 걷는다. 사람들이 우리를 쳐다본다. 그들은 우리를 살아 있는 기적이라고 부른다. 평소에는 내가 그 정도로 운이 좋다고 느끼지 못하지만 어떤 면에서는 사실이다.

"그게 나 같아요?" 결국 내가 묻는다.

"네."

"왜요?"

"당신이 감춘 걸 찾았거든요."

"뭘요?"

"이거요." 앨리가 내게 작은 종이쪽지를 건네며 말한다. "베개 밑에서 찾았어요."

내가 쪽지를 읽는다.

육체는 필멸의 고통으로 둔해지지만

내 약속은 우리 삶이 끝나는 날까지 진실하리니,

입맞춤으로 끝나는 부드러운 손길이

사랑을 기쁨으로 일깨우리라.

"더 있어요?" 내가 묻는다.

"코트 주머니에서 발견한 거예요."

우리의 영혼은 하나이기에

절대 헤어질 수 없으니,

눈부신 여명에 그대의 얼굴이 환히 빛나고

나 그대에게 손을 뻗어 내 마음을 찾는다.

"그렇군요." 나는 그렇게만 말한다.

걸어가는 동안 저녁 해가 좀 더 기운다. 시간이 지나자 남은 낮의 흔적이라곤 은빛 황혼뿐이다. 우리는 여전히 시에 대해 이야기한다. 앨리는 낭만적인 시들에 마음을 뺏긴다.

현관에 도착할 때가 되자 몸이 피곤하다. 앨리가 그걸 알고 나를 멈춰 세운 뒤 그녀를 쳐다보게 한다. 나는 앨리와 마주하면서 내 몸이 얼마나 굽었는지 깨닫는다. 이제 앨리와 나의 눈높이가 비슷하다. 때로는 내 모습이 얼마나 변했는지 앨리가 알지 못해서 다행스럽다. 앨리가 내게로 고개를 돌리고 한참을 응시한다.

"뭐 하는 거예요?" 내가 묻는다.

"댁도 오늘도 잊고 싶지 않아서요. 댁에 관한 기억을 생생하게 간직하려고 애쓰는 중이에요."

이번에는 효과가 있을까? 잠깐 의심이 들지만 효과가 없을 것임을 안다. 기억할 리 없다. 하지만 내 생각을 말하지 않는다. 그 대신 앨리의 말이 사랑스러워서 웃는다.

"고마워요." 내가 말한다.

"정말이에요. 또다시 댁을 잊고 싶지 않아요. 댁은 내게 아주 특별해요. 댁이 없었으면 오늘 하루를 어떻게 보냈을지 모르겠어요."

목이 살짝 잠긴다. 그 말 속에 내가 앨리를 생각할 때마다 느끼는 감정이 담겨 있다. 바로 그것이 내가 살아가는 이유다. 지금 이 순간 나는 앨리를 끔찍이 사랑한다. 앨리를 품에 안고 낙원으로 데려갈 수 있을 만큼 힘이 세면 얼마나 좋을까.

"아무 말도 하지 마요." 앨리가 내게 말한다. "우리 그냥 이 순간을 느껴요."

그래서 그렇게 한다. 나는 천국을 느낀다.

처음보다 훨씬 악화되긴 했지만 앨리의 병세는 다른 알츠하이머 환자들과는 다르다. 이곳에는 같은 병을 앓고 있는 사람이 세 명 더 있는데, 이들이 이 병에 대한 내 개인적 경험의 전부다. 앨리와 달리 이들은 알츠하이머 말기로 자아를 거의 잃었다. 그들은 눈을 뜨면서부터 헛것을 보고 헛소리를 한다. 그리고 같은 행동을 거듭 반복한다. 세 명 중 두 명은 혼자서 식사도 못 하고 살날도 그리 많이 남지 않았다. 그중 한 명은 여기저기 방황하다가 길을 잃어버리는 일이 잦다. 한번은 400미터쯤 떨어진 낯선 사람의 차 안에서 발견됐는데 그 후로는 침대에 묶여 있다. 그들 모두 때로는 매우 고통스러워하고 때로는 길 잃은 어린아이처럼 슬프고 외로워한다. 다들 직원은커녕 그들을 사랑하는 사람들조차도 알아보지 못한다. 이건 몹쓸 병이다. 이게 그들과 내 자식들이 찾아오기 힘든 이유다.

물론 앨리 역시 나름의 문제가 있고 시간이 지날수록 문제는 악화될 것이다. 앨리는 아침마다 공포에 질려서 주체할 수 없이 운다. 난쟁이 같은 작은 인간들이 그녀를 노려보고 있다는 망상에 사로잡혀 그들을 향해 저리 가라고 소리친다. 목욕은 흔쾌히 허락하지만 밥은 규칙적으로 먹지 않는다. 그사이 여위었는데 내 생각에는 아주 많이 말랐다. 그래서 컨디션이 좋은 날이면 앨리의 체중을 늘리기 위해 혼신의 힘을 다한다.

하지만 비슷한 증상은 그뿐이다. 이것이 앨리가 기적이라고 불리는 이유다. 가끔, 아주 가끔 일기를 읽어준 다음이면 앨리의 상태가 꽤 좋아지기 때문이다. 이것에 대해선 설명할 방도가 없다. "불가능합니다." 의사들은 말한다. "알츠하이머가 아닌 게 분명합니다." 그러나 알츠하이머가 맞다. 수많은 날, 특히 아침마다 보면 의심하려야 할 수가 없다. 이 점은 다들 동의한다.

그렇다면 앨리의 상태는 왜 다를까? 왜 내가 일기를 읽어주고 나면 간혹 증세가 좋아지는 걸까? 나는 의사들에게 그 이유를 설명한다. 마음으로 알고 있으니까. 하지만 다들 내 말을 무시하고 과학으로 눈을 돌린다. 전문의들이 해답을 찾기 위해 채플힐Chapel Hill에서 이곳으로 네 번이나 찾아왔었다. 그리고 네 번 다 답을 얻지 못하고 떠났다. 나는 그들에게 말한다. "댁들이 배운 지식과 교과서만으로는 이해하지 못할 겁니다." 그러면 그들은 고개를 저으며 이렇게 대답한다. "알츠하이머는 그런 식으로 작동하지 않아요. 환자 상태로 봐서는 대화를 하거나 날이 갈수록 좋아지는 게 불가능합니다. 절대로요."

그래도 앨리는 좋아진다. 매일은 아니지만, 하루 종일은 아니지만, 그리고 예전보다 빈도는 줄었지만. 하지만 가끔씩 좋아진다. 요즘에는 건망증 환자처럼 기억력만 온전치 못하다. 감정이나 사고는 정상이다. 그런 날이면 내가 제대로 하고 있다는 걸 새삼 깨닫는다.

앨리의 방으로 돌아오자 저녁 식사가 기다리고 있다. 오늘 같은 날이면 언제나 그렇듯 우리가 식사를 할 수 있게 준비되어 있다. 이곳 사람들이 빠짐없이 챙겨줘서 더 이상 내가 부탁할 게 없다. 다들 내게 친절하고 그 점이 참 감사하다.

조명이 어두침침한 대신 식탁에 놓인 촛불 두 개가 방을 밝히고 있다. 음악도 잔잔하게 흐른다. 컵과 접시는 플라스틱이고 유리병은 사과 주스로 채워져 있다. 규칙이라 어쩔 수 없지만 앨리는 개의치 않는 듯하다. 앨리가 식탁을 보고 살짝 놀란다. 두 눈이 휘둥그레진다.

"댁이 준비한 거예요?"

내가 고개를 끄덕이자 앨리가 방으로 들어선다.

"아름다워요."

나는 한 팔로 에스코트하며 창가로 안내한다. 앨리는 식탁에 도착할 때까지 내 팔을 놓지 않는다. 앨리의 손길이 좋다. 이 청명한 봄밤에 우리는 가까이 붙어 서 있다. 창문이 살짝 열려 있어 산들바람이 내 뺨을 스친다. 우리는 한참 동안 달이 뜬 밤하늘을 쳐다본다.

"이렇게 아름다운 건 처음 봐요. 그건 확실해요." 앨리가 말한다. 내가 맞장구친다.

"나도 그래요." 그렇게 말하는 내 시선은 앨리를 향해 있다. 앨리가 내 말뜻을 알아듣고 웃는다. 잠시 후 앨리가 소곤거린다.

"이야기의 결말에 앨리가 누구를 선택했는지 알겠어요." 앨리가 말한다.

"그래요?"

"네."

"누군데요?"

"노아예요."

"확실해요?"

"당연하죠."

내가 웃으며 끄덕인다. "네, 맞아요." 나직이 말하니 앨리가 마주 웃는다. 얼굴에서 빛이 난다.

나는 힘을 들여 앨리의 의자를 빼준다. 앨리가 앉고 나는 맞은편에 자리를 잡는다. 식탁 너머로 뻗은 손을 맞잡는다. 아주 오래전 그랬던 것처럼 앨리의 엄지손가락이 내 손을 쓰다듬는 게 느꺼진다. 나는 아무 말 없이 앨리를 물끄러미 바라본다. 삶의 순간 순간을 살아가며 재현하고, 그 모든 일을 떠올리며 실감한다. 목이 잠겨오면서 내가 앨리를 얼마나 사랑하는지 다시 한번 깨닫는다. 마침내 떨리는 목소리로 말한다.

"눈부시게 아름답소." 앨리에 대한 내 감정이 어떤지, 내 말이 얼마나 진심인지 그녀가 안다는 걸 눈빛에서 읽을 수 있다.

앨리가 대답 없이 시선을 낮춘다. 무슨 생각을 하고 있는지 궁금하다. 어떤 단서도 얻지 못한 채 나는 앨리의 손을 다정하게 꼭 쥔다. 그리고 기다린다. 내 모든 소망을 담아 앨리의 마음을 이해한다. 거의 다 왔음을 안다.

그리고 그때 내가 옳았음을 증명하는 기적이 일어난다.

촛불이 일렁이는 방 안에 글렌 밀러*의 연주가 은은하게 울려 퍼지고, 나는 앨리가 조금씩 그녀의 감정에 순응하는 모습을 지켜본다. 입가에 따뜻한 미소가, 이 모든 것을 그만큼 가치 있는 것으로 만들어주는 미소가 번지기 시작한다. 앨리가 시선을 들어 몽롱한 눈빛으로 나와 눈을 마주친다. 그러더니 내 손을 자기 쪽으로 잡아당긴다.

"당신도 멋있어요…." 앨리가 나직이 말하며 말끝을 흐린다. 그 순간 앨리 역시 나와 사랑에 빠진다. 천 번은 본 징후기 때문에 알

✤ 미국의 트롬본 연주자로, 재즈가 미국 대중문화에 자리 잡게 만드는 데 기여했다.

수 있다.

곧바로 말을 잇지는 않지만 그럴 필요가 없다. 앨리는 다른 생에서나 볼 법한 표정을 지어 나를 다시 완전하게 만든다. 나는 끌어모을 수 있는 최대한의 열정을 담아 마주 웃는다. 우리는 대양의 파도와 같은 감정에 휩싸인 채 서로를 응시한다. 나는 방을 둘러봤다가 천장을 올려다봤다가 다시 앨리에게로 시선을 돌린다. 나를 보는 앨리의 눈빛에 몸이 따뜻해진다. 갑자기 다시 젊어진 기분이다. 더 이상 춥거나 아프지 않다. 몸이 구부정하거나 뒤틀리지도, 백내장으로 눈이 거의 안 보이지도.

나는 강하고 자부심 넘치는, 이 세상에서 가장 운 좋은 사람이다. 앨리와 식탁을 사이에 두고 오랫동안 계속 그런 기분을 느낀다.

세 번째 초가 다 탔을 즈음 내가 침묵을 깨면서 말한다. "진심으로 사랑해요. 당신이 내 마음을 알아줬으면 좋겠어요."

"당연히 알죠." 앨리가 숨 가쁘게 말한다. "나도 언제나 당신을 사랑했어요, 노아."

노아, 다시 들린다. **노아.** 그 단어가 머릿속에서 메아리친다. **노아… 노아.** 앨리가 안다. 나는 속으로 생각한다. 앨리가 내가 누군지 안다….

앨리가 안다….

아주 하찮은 사실이지만 내게는 신이 주신 선물이다. 나는 우리가 함께한 세월을 느낀다. 껴안고 사랑하고 함께 보낸 내 인생 최고의 시절을.

앨리가 중얼거린다. "노아… 사랑하는 노아…."

의사의 지시를 저버릴 수밖에 없었던 내가 또 승리했다. 적어도 잠시 동안은. 나는 수수께끼 같은 존재라는 위장을 버리고 앨리의 손에 키스한 다음 내 뺨에 가져간다. 그리고 앨리의 귀에 대고 이렇게 속삭인다.

"당신은 내 인생에 일어난 최고의 행운이에요."

"오… 노아." 앨리가 눈물을 글썽이며 말한다. "나도 당신을 사랑해요."

이렇게 끝날 수만 있다면 나는 행복한 사람일 것이다.

하지만 그렇게 될 리 없다. 시간이 조금씩 지나면서 앨리의 얼굴에 걱정의 기미가 보이기 시작하는 것만으로도 알 수 있다.

"무슨 문제가 있소?" 내가 묻자 앨리가 나직이 대답한다.

"너무 겁이 나요. 당신을 또 잊을까 봐 두려워요. 이건 공평하지 않아요…. 이 순간을 포기해야 한다니 견딜 수 없어요."

앨리의 목소리가 갈라지는데 뭐라 말해야 할지 모르겠다. 밤은 끝을 향해 달려가고 필연적 이별을 막을 방도는 없다. 그 점에서 나는 실패자다. 결국 내가 앨리에게 말한다.

"절대 그대를 떠나지 않으리다. 우리의 순간은 영원하오."

이게 내가 할 수 있는 전부라는 것을 앨리도 안다. 우리 둘 다 공허한 약속은 원치 않으니까. 그렇지만 나를 보는 앨리의 눈빛에서 다시 한번 그 이상을 원한다는 걸 알아챘다.

귀뚜라미가 세레나데를 부르고 우리는 저녁 식사를 시작한다. 둘 다 배가 고프진 않지만 내가 본보기를 보이자 앨리가 뒤따른다. 음식을 조금씩 베어 물고 한참을 씹는다. 그 모습을 보니 마음이 흡족하다. 최근 3개월 사이에 살이 너무 많이 빠졌다.

식사가 끝나자 나도 모르게 겁이 난다. 오늘의 재회는 우리의 사랑이 아직 살아 있음을 증명하는 것이므로 기뻐해야 마땅하지만 저녁 종이 이미 울렸다는 걸 안다. 해가 떨어진 지 오래이니 곧 도둑이 들이닥칠 것이다. 나로선 녀석을 막을 방법이 없다. 그래서 나는 앨리를 물끄러미 보며 기다린다. 이 삶의 마지막 남은 순간을 살면서.

아무 일도 없다.

시계가 째깍거린다.

아무 일도 없다.

내가 두 팔로 앨리를 당기고 우리는 서로를 끌어안는다.

아무 일도 없다.

앨리의 몸이 떨리자 내가 그녀의 귀에 대고 속삭인다.

아무 일도 없다.

앨리에게 오늘 밤 마지막으로 사랑한다고 말해준다.

그때 도둑이 온다.

얼마나 눈 깜짝할 새 오는지 언제나 놀랍다. 그 많은 시간이 지난 지금까지도. 앨리가 나를 안은 채로 눈을 빠르게 깜빡이며 고개를 흔들기 시작한다. 그러다 방구석으로 시선을 돌리더니 근심 어린 표정으로 한참을 쳐다본다.

안 돼! 나는 속으로 외친다. **아직은 아니야! 지금은 안 돼··· 이렇게나 가까워졌는데! 오늘 밤은 아니야! 언제든 좋으니까 오늘 밤만은··· 제발!** 말을 뱉지는 않는다. **다시 이걸 겪을 순 없어! 이건 불공평해··· 불공평해···.**

하지만 역시나 아무 소용이 없다.

앨리가 구석을 가리키며 말한다. "저 사람들이 나를 쳐다보고 있어요. 제발 못 쳐다보게 해줘요."

난쟁이들이다.

속이 꽉 막히면서 갑갑해진다. 잠시 숨이 멈췄다 다시 옅게 비집고 나온다. 입이 바짝 마르고 심장이 쿵쾅거린다. 끝났다. 내 생각이 맞다. 황혼증후군이 시작됐다. 저녁 무렵 찾아오는 불안 증세가 아내와 같은 알츠하이머와 결합되면 그 무엇보다 사람을 힘들게 한다. 증세가 시작되면 아내는 사라지고 가끔은 우리가 두 번 다시 사랑할 수 있을까 하는 의문마저 든다.

"아무도 없어요, 앨리." 내가 필연적 운명을 피하려고 애써본다. 앨리는 내 말을 믿지 않는다.

"저 녀석들이 나를 노려보고 있어요."

"아니에요." 내가 고개를 절레절레 흔들며 속삭인다.

"댁 눈에는 안 보여요?"

"네." 내가 답하자 앨리가 잠깐 생각한다.

"그럴 리가, 바로 저기 있잖아요." 앨리가 나를 밀어내며 말한다. "놈들이 나를 쳐다보고 있어요."

곧이어 혼잣말을 하기 시작한다. 잠시 후 앨리를 진정시키려고 하자 그녀가 몸을 움찔하면서 눈을 크게 뜬다.

"댁은 누구세요?" 앨리가 점점 창백해지는 얼굴로 공포에 질려 소리친다. "여기서 뭐 하는 거예요?" 앨리의 내면에서 공포심이 점차 커져가고 나는 할 수 있는 게 없다는 무력감에 가슴이 미어진다. 앨리가 양손으로 방어 자세를 취하면서 뒤로 물러나 내게서 멀어진다. 그러고선 가장 가슴 아픈 말을 내뱉는다.

"저리 가! 내게서 떨어져!" 앨리가 소리친다. 이제 내 존재는 까맣게 잊고 겁에 질린 채 난쟁이들을 쫓아내려 한다.

나는 자리에서 일어나 방을 가로질러 앨리의 침대로 간다. 기력이 쇠한 데다 두 다리가 아프고 옆구리에 이상한 통증도 있다. 어디서 비롯한 통증인지 모르겠다. 손가락이 욱신거리고 통째로 얼어붙은 듯해 간호사를 부르기 위한 버튼을 누르는 것도 고역이다. 하지만 결국엔 성공한다. 그들이 금방 올 것이므로 나는 기다린다. 그러면서 아내를 물끄러미 바라본다.

10초….

20초….

30초가 지나도 계속 응시한다. 우리가 공유한 시간을 떠올리면서 한 순간도 놓치지 않는다. 그러나 그 시간 동안 앨리는 내 시선을 받아주지 않는다. 나는 보이지 않는 적과 싸우는 앨리의 환영에 사로잡혀 있다.

아픈 허리를 부여잡고 침대 옆에 앉아 공책을 집어 드는데 눈물이 흐른다. 앨리는 알아차리지 못한다. 정신이 온전치 못하므로 이해한다.

공책 몇 장이 바닥에 떨어져서 주우려고 고개를 숙였다가 피곤해서 의자에 앉는다. 아내에게서 떨어진 곳에 나 홀로. 간호사들이 들어와 위로가 필요한 사람이 둘인 것을 발견한다. 한 여자는 머릿속 악마 때문에 공포에 떨고 있고, 그녀를 목숨보다 열렬히 사랑하는 늙은 남자는 양손에 얼굴을 파묻고 구석에서 조용히 울고 있다.

나는 내 방에서 남은 밤을 혼자 보낸다. 방문이 조금 열려 있어 사람들이 지나다니는 게 보인다. 일부는 낯선 사람들이고 일부는 친구들이다. 귀를 기울이면 그들이 가족, 직장, 공원 나들이에 관해 떠드는 소리를 들을 수 있다. 평범한 대화에 불과하지만 그들이 편히 소통할 수 있다는 사실에 샘이 난다. 7대 죄악 중 하나인 건 알지만 가끔 질투가 나는 건 어쩔 수 없다.

반웰 박사도 간호사 한 명과 이야기를 나누고 있다. 어느 누가 이 시간에 의사를 불러야 할 만큼 아픈 건지 궁금하다. 일을 너무 많이 하세요, 가족과 시간을 보내요, 영원히 곁에 머무르는 게 아니에요, 하고 박사에게 조언하곤 하지만 귓등으로도 안 듣는다. 그의 말에 따르면 환자들이 너무 걱정돼서 호출이 울리면 달려와야 한단다. 박사로선 선택의 여지가 없다지만 그러면 모순에 빠진다. 박사는 환자에게 헌신적인 의사인 동시에 가족에게도 헌신적인 사람이 되길 원한다. 시간은 무한하지 않아 둘 다 이룰 수 없는데도 이 사실을 깨닫지 못한다. 박사의 목소리가 주변 소리에 묻히자 그가 어떤 선택을 할지, 안타깝지만 선택은 할 수 있을지 궁금해진다.

나는 창가에 놓인 편한 의자에 앉아 오늘 일을 생각한다. 행복하면서 서글프고, 황홀하면서 가슴 아픈 하루였다. 이 상충하는 감정들로 인해 몇 시간 동안 침묵에 빠진다. 오늘 밤에는 누구에게도 시를 낭송해주지 않았다. 시상에 잠기면 눈물이 날 것 같아서 할 수 없었다. 시간이 지나자 복도가 고요하니 야간 경비들의 발소리 외에는 아무 소리도 들리지 않는다. 11시가 되자 나도 모르게 기대하던 익숙한 소리가 들린다. 내가 아주 잘 아는 발소리다.

반웰 박사가 안을 힐끔 들여다본다.

"불이 켜져 있어서요. 들어가도 괜찮을까요?"

"괜찮고말고요." 내가 고개를 끄덕이며 답한다.

박사가 안으로 들어와 방 안을 둘러보다가 조금 떨어진 자리에 앉는다.

"부인과 좋은 하루를 보내셨다더군요." 그가 웃는다. 박사는 우리와 우리 둘의 관계에 관심이 많다. 그 호기심이 전적으로 직업적인 것인지는 알 수 없다.

"그런 것 같습니다."

박사가 내 대답에 고개를 갸우뚱하더니 나를 가만히 쳐다본다. "괜찮아요, 노아? 기운이 좀 없어 보이는데요."

"괜찮아요. 그냥 좀 피곤해서 그래요."

"오늘 부인은 어땠나요?"

"상태가 좋았어요. 대화를 네 시간 가까이 나눴어요."

"네 시간이나요? 노아, 이건… 믿을 수 없는 일이에요."

나는 고개만 끄덕인다. 박사가 고개를 절레절레 흔들면서 말을 잇는다.

"이런 건 본 적도, 들은 적도 없어요. 이런 게 사랑이 아닐까요. 두 분은 서로의 운명이에요. 부인이 선생님을 아주 많이 사랑하는 게 틀림없습니다. 그건 아시죠?"

"압니다." 그밖에 더 이상 아무 말도 할 수 없다.

"어디가 불편한가요, 노아? 부인이 상처 주는 말이라도 했나요?"

"아니요. 아내는 나무랄 데 없었어요. 그냥 기분이… 혼자인 것만 같아서요."

"혼자라고요?"

"네."

"혼자인 사람은 없어요."

"난 혼자예요." 나는 시계를 바라보며 고요한 집 안에서 곤히 잠에 들었을 박사의 가족을 생각한다. 그곳이 그가 있어야 할 장소다. "선생도 마찬가지고요."

다음 며칠은 그럭저럭 지나갔다. 앨리는 나를 알아보지 못했고 나는 얼마 전 그녀와 함께 보낸 날을 생각하느라 이따금 넋을 놓았다. 언제나 그렇듯 끝이 너무 빨리 오긴 했지만 그날은 잃은 것 하나 없이 얻기만 했다. 그런 축복을 다시 한번 받게 되어 기뻤다.

그다음 주에 내 삶은 거의 정상으로 돌아갔다. 적어도 내 삶을 기준으로는 정상인 수준으로. 앨리에게 글을 읽어주고, 친구들에게 시를 낭송해주고, 복도를 배회하는 것들 말이다. 밤에는 멀뚱멀뚱 누워 있고, 낮에는 히터 옆에 앉아 있고. 삶을 예측할 수 있다는 데 이상한 안도감이 든다.

앨리와 멋진 시간을 보낸 지 여드레가 지난 어느 안개 자욱하고 싸늘한 아침, 나는 습관처럼 일찍 일어나 사진 보기와 수년 전에 썼던 편지 읽기를 반복하며 책상 앞에서 빈둥거렸다. 최소한 그러려고 노력했다. 두통 때문에 집중이 잘 안 돼서 편지를 내려놓고 해가 뜨는 것을 보기 위해 창가에 놓인 의자에 가서 앉았다. 앨리는 두어 시간 후에 일어날 터였고, 하루 종일 글을 읽으면 두통이 심해질 게 뻔해서 기분을 환기시키고 싶었다.

몇 분 동안 두 눈을 감고 있는데 두통이 심해졌다가 가라앉기를 반복했다. 잠시 후 나는 눈을 뜨고 창밖으로 내 오랜 친구인 강물이 흘러가는 풍경을 바라보았다. 앨리의 방과 달리 내 방에서는 강물이 보였고, 강은 어김없이 내게 생기를 불어넣었다. 수만 년이 지났는데도 비가 내릴 때마다 새로워진다니 모순이다. 그날 아침 나는 강에게 말을 걸었다. 강이 들을 수 있게 이렇게 속삭였다. "자넨 복 받은 친구야. 나도 복 받은 사람이고. 다가올 날들도 함께 맞이하게나." 잔물결과 파도가 동의한다는 듯 빙글빙글 돌면서 휘어졌고, 아침 햇살이 어슴푸레한 수면 위로 우리가 공유한 세상이 비쳤다. 강과 나. 둘 다 흐르고 흐르다 서서히 힘이 빠지면서 쇠한다. 강을 바라보는 게 인생이 아닐까 싶다. 인간은 강에게서 아주 많은 것을 배울 수 있다.

태양이 수평선 위로 막 고개를 내밀 무렵이었다. 의자에 앉아 있는데 갑자기 한 손이 저릿저릿했다. 전에는 느껴보지 못한 감각이었다. 손을 들려고 하는데 머리가 또 깨질 듯이 아파서 멈춰야 했다. 이번에는 망치로 머리를 얻어맞기라도 한 것처럼 두통이 극심했다. 나는 두 눈을 질끈 감았다. 손의 저릿한 증상이 멈추더니 팔꿈치 아래 어딘가에서 신경이 끊어진 듯 손이 빠르게 마비되기 시작했다. 손목이 굳으면서 머리를 강타한 찌릿한 통증이 목을 타고 내려왔다. 그리고 해일처럼 몸속 모든 세포로 걷잡을 수 없이 퍼져나갔다. 가는 길목에 있는 모든 것을 박살내고 쓸어버리기라도 하듯이.

눈앞이 캄캄해지면서 귓전에서 기차가 요란하게 달리는 듯한 소리가 들렸다. 뇌졸중 증상이 분명했다. 통증이 벼락처럼 온몸을 지나며 내려쳤고 의식이 사라지기 전 마지막 순간, 앨리가 두 번 다시 듣지 못할 이야기를 기다리며 침대에 누워 있는 모습이 떠올랐다. 나처럼 완전히 무력한 상태로 혼란 속을 헤매면서.

그리고 마침내 눈이 감기는데 이런 생각이 들었다. 오, 하나님, 제가 무슨 짓을 했기에?

나는 며칠 동안 의식과 무의식을 오갔다. 정신이 돌아왔을 땐 내 몸에 기계들이 주렁주렁 달려 있었다. 코를 지나 목 아래까지 관이 삽입돼 있었고, 침대 옆에는 수액 두 팩이 걸려 있었다. 기계들은 단조로운 저음으로 희미하게 윙윙거리다가 멈추기를 반복했고 때로 정체 모를 소리를 내기도 했다. 한 기계는 내 심박수에 맞춰 삐삐거렸는데 이상하게 그 소리에 마음이 진정되어 몇 번이고 꿈나라로 스르르 빨려 들어갔다.

의사들은 걱정했다. 차트를 훑어보고 기계를 조정할 때 곁눈질로 그들의 걱정 어린 얼굴을 볼 수 있었다. 그들은 내가 못 들을 거라 생각하고 자신들의 생각을 속삭였다. "뇌졸중이면 큰일 날 수도 있었는데 말이야. 특히 이 나이에는 후유증이 심각할 수도 있어." 엄숙한 표정을 서두로 예측들이 이어졌다. "언어나 운동 기

능 상실, 근육 마비, 다양하지." 그들이 다시 차트에 뭔가를 기록
했고 이상한 기계가 또 한 번 삐 소리를 냈다. 의사들은 내가 그들
의 말을 빠짐없이 들었다는 사실을 모른 채 자리를 떴다. 나는 그
들의 말을 곱씹지 않으려 노력하면서 대신 앨리에게 정신을 집중
했다. 그리고 의식이 돌아올 때마다 앨리의 이미지를 떠올렸다.
앨리의 삶을 내 삶으로 불러들이기 위해, 우리를 다시 하나로 만
들기 위해 혼신의 힘을 다했다. 앨리의 감촉을 느끼고 목소리를
듣고 얼굴을 보려고 애썼다. 그럴 때마다 앨리를 다시 안을 수 있
을지, 앨리의 귀에 대고 속삭일 수 있을지, 앨리와 이야기하고 시
를 읽고 산책하며 하루를 보낼 수 있을지 알 수 없어 두 눈에 눈물
이 고였다. 이건 내가 상상하거나 희망했던 마지막이 아니었다.
늘 내가 나중에 갈 거라 생각했다. 이렇게 끝나서는 안 됐다.

그렇게 며칠간 의식이 들락거리기를 반복하다 어느 안개 자욱
한 아침, 앨리와의 약속이 또다시 내 몸을 움직이게 했다. 눈을 뜨
니 꽃으로 가득한 병실이 보였다. 꽃향기가 나를 더욱 자극했다.
버튼을 찾아서 힘겹게 누르니 30초 후 간호사가 도착했고 반웰
박사가 웃으면서 뒤따라 들어왔다.

"목이 말라요." 내가 쉰 소리로 말하자 반웰 박사가 환하게 웃
었다.

"돌아오신 걸 환영합니다." 박사가 말했다. "깨어나실 줄 알았
습니다."

2주 뒤 나는 병원을 떠날 수 있다. 반쪽짜리 인간이긴 하지만. 오른쪽 절반이 왼쪽보다 약한 탓에 만약 내가 캐딜락Cadillac이었다면 한쪽 바퀴로만 빙빙 돌았을 것이다. 의사들은 전신이 마비될 수도 있었음을 감안하면 좋은 소식이라고 한다. 가끔씩 내가 낙천주의자들에 둘러싸여 있다는 생각이 든다.

나쁜 소식은 두 손으로 지팡이나 휠체어를 사용하는 게 힘들어서 이제 몸을 똑바로 세우려면 나만의 독특한 박자에 맞춰서 걸어야 한다는 것이다. 젊었을 때처럼 왼발, 오른발, 왼발도 아니고 심지어 최근처럼 발을 질질 끌며 느릿느릿 걷는 것도 아니다. 발을 질질 끌다가 오른발을 슬며시 디뎠다가 다시 발을 질질 끌며 걸어야 한다. 이젠 복도를 지나가는 과정이 장대한 모험이다. 2주 전에도 거북이를 앞지르기 힘들었다. 그런 나에게도 느린 걸음이다.

내 방으로 돌아오니 시간이 늦었다. 잠이 오지 않을 것 같다. 나는 숨을 깊이 들이마시고 밖에서 들어오는 봄 내음을 맡는다. 창문이 열려 있어 공기가 조금 쌀쌀하다. 찬 공기를 마시니 기운이 솟아난다. 내 나이의 3분의 1밖에 되지 않은, 이곳의 수많은 간호사 중 하나인 에벌린이 창가 의자에 나를 앉힌 뒤 창문을 닫으려 한다. 내가 그녀의 동작을 제지하자 에벌린은 놀란 표정을 지으면서도 내 결정을 받아들인다. 서랍이 열리는 소리가 들리더니 잠시 후 스웨터가 내 어깨 위에 걸쳐진다. 내가 어린아이라도 되는 양

스웨터를 매만져준 다음 어깨에 손을 올리고 다정하게 쓰다듬는다. 아무 말이 없는 걸 보니 창밖을 바라보고 있다. 한참 동안 꼼짝도 하지 않아 무슨 생각을 하는지 궁금하지만 나는 묻지 않는다. 이윽고 한숨 소리가 들린다. 에벌린은 자리를 뜨려고 몸을 돌리려다 잠깐 멈추더니 앞으로 몸을 숙여 내 뺨에 입을 맞춘다. 손녀의 입맞춤처럼 상냥하다. 그 행동에 내가 놀라자 에벌린이 차분히 말한다. "돌아오셔서 다행이에요. 부인이 선생님을 그리워했답니다. 저희도 마찬가지고요. 선생님이 안 계시니 예전 같지 않아서 모두들 쾌차하시길 기도했어요." 나를 보고 웃으며 내 얼굴을 만진 뒤 자리를 떠난다. 나는 아무 말도 하지 않는다. 곧 에벌린이 다시 카트를 밀면서 걸어가다 다른 간호사와 조용한 목소리로 대화하는 소리가 들린다.

오늘 밤은 별이 얼굴을 내밀어 온 세상이 기묘한 푸른색으로 빛나고 있다. 귀뚜라미 울음소리에 다른 모든 소리가 묻혔다. 나는 의자에 앉아 바깥의 누군가가 이 육체에 갇힌 죄인을 볼 수 있을까 생각한다. 나무와 뜰과 거위들 주변 벤치를 두리번거리며 생명의 흔적을 찾지만 보이지 않는다. 강물조차 잠잠하다. 컴컴한 어둠 속에서 강은 텅 빈 공간처럼 보이고, 나는 그 신비로움에 이끌린다. 몇 시간 동안 강을 바라보면서 먹구름이 수면에 비치는 것을 본다. 태풍이 오고 있으니 얼마 안 있어 다시 어스름이 찾아온 듯 하늘이 은빛으로 바뀔 것이다.

번개가 바람이 휘몰아치는 하늘을 가르자 생각이 과거로 표류한다. 앨리와 나는, 우리는 누구일까? 사이프러스 나무의 오래된 담쟁이덩굴일까? 덩굴손과 가지들이 얼기설기 얽혀 있어 억지로 떨어트리면 둘 다 죽고 마는? 나도 모르겠다. 다시 번개가 내리치자 옆쪽 탁자 위가 환해지면서 내가 가진 것 중 가장 잘 나온 앨리의 사진이 보인다. 유리를 끼우면 영원히 갈 것 같아서 몇 년 전 액자에 넣었다. 나는 액자를 집어 들고 얼굴 가까이로 가져온다. 한참 동안 사진을 물끄러미 쳐다본다. 안 볼 수가 없다. 사진을 찍을 당시 앨리는 마흔하나, 가장 아름다운 시절이었다. 앨리에게 물어보고 싶은 게 너무나 많지만 사진은 대답할 수 없으니 옆으로 치워놓는다.

오늘 밤 나는 앨리를 복도 끝 방에 둔 채 혼자다. 계속 혼자일 것이다. 병원에 누워서도 그런 생각을 했다. 창밖으로 먹구름이 다가오는 걸 지켜보면서도 그렇게 확신한다. 함께한 마지막 날 앨리의 입술에 키스하지 않은 게 떠올라 우리의 처지에 나도 모르게 마음이 서글퍼진다. 어쩌면 다시는 못 할지도 모른다. 이렇게 불편한 몸으로는 장담하기 힘들다. 그런데 왜 이런 생각을 하고 있는 걸까?

나는 끝내 몸을 일으키고 책상으로 걸어가 등을 켠다. 그 과정이 생각보다 힘에 부쳐 녹초가 된다. 그래서 창가 자리로 돌아가지 않는다. 의자에 앉아서 몇 분간 책상 위에 놓인 사진들을 바라본다. 가족사진, 아이들 사진, 휴가 사진. 앨리와 나의 사진. 우리가 함께한 시간들, 혼자 혹은 가족과 함께한 시간들을 돌이켜 보다 내가 얼마나 나이 든 인간인지 다시 한번 깨닫는다.

서랍을 열어 오래전 내가 앨리에게 준, 리본에 묶인 낡고 빛바랜 꽃다발을 발견한다. 나처럼 메마르고 부서지기 쉬워서 조심조심 다뤄야 한다. 그럼에도 앨리는 그것을 간직했다. "당신이 왜 그걸 간직하고 싶어 하는지 모르겠어요." 내가 이렇게 말했지만 앨리는 들은 척도 안 했다. 그리고 꽃다발이 삶의 비밀을 알려주기라도 하듯이 밤이면 가끔씩 그것을 경건하게 들고 있곤 했다. 여자들이란.

추억에 젖는 밤이 될 것 같아 나는 결혼반지를 찾아 뒤적인다. 반지는 휴지에 싸인 채 맨 위 서랍에 들어 있다. 관절이 퉁퉁 붓고 손가락에 피가 안 통해서 더 이상 반지를 낄 수 없다. 휴지를 풀어보니 반지는 예전 모습 그대로다. 그것은 강력한 상징을 지닌 원형의 물건이다. 나는 안다, 내 인생에 다른 반지는 결코 있을 수 없다는 걸. **나는 안다**, 그때도 알았고 지금도 알고 있다. 그 순간 내가 나직이 소리 내어 말한다. "난 여전히 당신 거요, 앨리. 나의 여왕, 내 영원한 아름다움. 당신은 과거에도 지금도 내 인생 최고의 선물이오."

앨리가 혹시 내 말을 들었을까 하는 마음에 조짐이 나타나길 기다린다. 하지만 아무런 낌새도 없다.

11시 반이다. 나는 앨리가 내게 썼던 편지 중 하나를 뒤적인다. 기분이 울적할 때면 읽던 편지다. 내가 마지막에 두었던 곳에서 편지를 발견한다. 두어 차례 뒤집어보다가 봉투를 여는데 두 손이 떨리기 시작한다. 마침내 편지를 읽는다.

노아에게.

결혼 초부터 함께 사용한 침실에 당신이 누워 잠든 사이 촛불을 켜놓고 이 편지를 쓰고 있어요. 당신이 쌔근쌔근 자는 소리를 들을 수는 없지만 그곳에 있다는 걸 알아요. 언제나 그랬듯이 나도 곧 당신 옆에 누워 당신의 온기와 편안한 품을 느낄 거예요. 그러면 당신의 숨결이 근사한 당신과 함께하는 꿈속으로 나를 서서히 인도하겠죠.

옆에서 타오르는 촛불을 보니 수십 년 전, 나는 포근한 당신의 셔츠를, 당신은 청바지를 걸치고 난롯가에 앉아 있던 때가 떠오르네요. 비록 이튿날 결정을 망설이긴 했지만 그때 난 우리가 영원히 함께하리라는 걸 알았어요. 남부의 한 시인에게 내 마음을 빼앗겼거든요. 내 마음이 영원히 당신 것이라는 걸 알았죠. 별똥별처럼 내리꽂혀서 집채만 한 파도와 같이 맹렬하게 달려오는 사랑에 어떻게 의문을 품겠어요? 그것이 우리가 나눈 사랑이었고, 그건 지금도 변함없어요.

이튿날, 그러니까 엄마가 찾아왔던 날, 당신에게 돌아갔던 일이 떠올라요. 당신을 떠난 나를 용서하지 않을 줄 알고 너무 두려웠어요. 살면서 그렇게 겁이 난 적은 처음이었어요. 차에서 내리는데 벌벌 떨렸죠. 그런데 당신이 웃으며 내게 한 손을 내미는 바람에 모든 두려움이 날아갔어요. "커피나 마실까?" 당신은 그 말뿐이었어요. 그리고 다시는 그 일을 입 밖에 꺼내지 않았죠. 우리가 함께한 그 세월 내내 단 한 번도 말이에요.

다음 며칠 동안 내가 집을 나와 혼자 산책할 때에도 아무것도 묻지 않았죠. 내가 두 눈에 눈물을 글썽이며 집으로 돌아올 때마다 그냥 안아주길 바라는지, 혼자 내버려두길 원하는지 알고 있었어요. 어떻게 알았는지는 몰라도 덕분에 마음이 훨씬 쉽게 진정됐죠. 나중에 작은 성당에서 반지를 교환하고 혼인 서약을 할 때 당신의 눈을 바라보면서 내가 올바른 결정을 내렸다는 걸 알았어요. 아니, 그걸 넘어서 내가 다른 사람을 선택할까 고민했다는 것 자체가 바보 같은 일이었다는 걸 깨달았죠. 그 후로 내 마음은 조금도 흔들리지 않았어요.

우리는 멋진 삶을 살았어요. 요즘 들어 그런 생각이 많이 들어요. 때로 눈을 감으면 떠올라요. 흰머리가 희끗희끗한 당신이 테라스에 앉아 기타를 치면 아이들이 음악 소리에 맞춰 놀면서 박수를 치던 모습이. 장시간 일하고 돌아와 옷은 얼룩덜룩하고 피곤한 당신에게 내가 잠시 쉬라고 말하면 당신은 웃으며 답했죠. "이게 쉬는 거야." 아이들을 향한 당신의 사랑은 헌신적이고 뜨거웠어요. "당신은 당신이 생각하는 것보다 훨씬 좋은 아빠예요." 애들이 잠들고 나면 내가 당신에게 이렇게 말해요. 곧이어 우리는 옷을 벗고 키스를 나누며 황홀경에 빠졌다가 플란넬 시트 사이로 미끄러져 들어가죠.

나는 수만 가지 이유로 당신을 좋아해요. 무엇보다 당신의 열정이 좋아요. 인생에서 가장 아름다운 거잖아요. 사랑, 시, 부성애, 우정, 아름다움, 자연도 그렇죠. 당신이 우리 애들에게 이런 것들을 가르쳐줘서 얼마나 기쁜지 몰라요. 그 덕에 아이들의 삶이 더욱 풍성해졌다는 걸 알거든요. 애들이 아빠가 얼마나 특별한 존재인지 말할 때마다 내가 세상에서 가장 운 좋은 여자라는 생각이 들어요.

또 내게 교훈을 주고 영감을 불러일으키고 그림을 그릴 수 있게 응원해줬죠. 그것이 내게 얼마나 중요한지 당신은 모를 거예요. 내 그림들은 이제 미술관과 화랑에 걸려 있어요. 전시회나 비평가들 때문에 신경이 곤두서거나 혼이 쏙 빠질 때도 있지만 그때마다 당신은 내 곁에서 다정한 말로 힘을 북돋아줬어요. 나만의 공간인 작업실이 필요하다는 걸 이해해주었고 내 옷과 머리칼, 때로는 가구에 물감이 묻어 있어도 못 본 척해주었죠. 쉽지 않았다는 거 알아요. 그런 상황을 참고 사는 건 아무나 할 수 있는 게 아니에요, 노아. 그런데 당신은 참아주었어요. 45년 동안이요. 경이로운 나날이었어요.

당신은 내 연인이자 가장 친한 친구예요. 내가 둘 중 어떤 면을 더 좋아하는지 나도 모르겠어요. 우리가 함께한 삶을 소중히 여기는 것처럼 그 두 가지 면 모두 소중하게 생각해요. 노아, 당신의 내면엔 아름답고 강인한 무언가가 있어요. 지금은 당신 안에서 다정함이 보여요. 나뿐만 아니라 모두의 눈에요. 당신은 내가 아는 가장 너그럽고 온화한 사람이에요. 내가 살면서 만난 사람 중 가장 천사에 가까운 걸 보면 하느님이 당신 곁에 있는 게 틀림없어요.

이 집을 영영 떠나기 전에 우리의 이야기를 글로 써달라고 해서 내가 미쳤다고 생각했던 거 알아요. 하지만 그렇게 부탁한 데는 그만한 이유가 있어요. 그리고 인내심을 갖고 내 부탁을 들어줘서 고마워요. 당신이 이유를 물었을 땐 말해주지 않았지만 이제는 말해줘야 할 것 같네요.

우리는 수많은 부부가 절대 알지 못할 삶을 살았어요. 하지만 당신을 볼 때마다 이 모든 게 곧 끝날 거라는 생각에 겁이 나요. 우리 둘 다 내가 어떤 진단을 받았는지, 이게 우리에게 무엇을 의미하는지 아니까요. 당신의 눈물을 보면 나보다도 당신이 더 걱정돼요. 당신이 어떤 고통을 겪을지 알기에 가슴이 미어져요. 나의 이런 비애를 말로 표현할 길이 없네요. 뭐라 해야 할지 모르겠어요.

당신을 끔찍이, 형언할 수 없을 만큼 사랑해요. 그렇기에 이 병에 지지 않고 당신에게 돌아갈 방법을 찾을 거예요. 당신에게 약속해요. 그리고 그게 이 이야기가 필요한 이유예요. 내가 기억을 잃고 방황할 때 아이들에게 들려준 것처럼 이 이야기를 읽어줘요. 그러면 그것이 우리의 이야기라는 걸 어떻게 해서든 알아차릴 거예요. 어쩌면 당신과 다시 함께할 방법을 찾을지도 몰라요.

내가 당신을 기억하지 못하는 날이 와도 제발 화내지 말아요. 우리 둘 다 그런 날이 올 걸 알고 있어요. 내가 당신을 사랑한다는 걸, 무슨 일이 있어도 영원히 사랑할 거라는 걸 잊지 마요. 당신과 함께여서 내가 누릴 수 있는 가장 멋진 삶을 살았다는 걸 잊지 마요.

이 편지를 간직하고 있다가 또다시 읽게 된다면 내가 지금의 당신을 위해 편지를 쓰고 있다는 걸 알아줘요. 노아, 당신이 어디에 있든, 그때가 언제든, 당신을 사랑해요. 내가 이 편지를 쓰고 있는 지금도, 당신이 이 편지를 읽고 있는 지금도 당신을 사랑해요. 그리고 만약 내가 당신과 이야기할 수 없는 상태라면 정말 미안해요. 내 남편, 당신을 죽도록 사랑합니다. 당신은 지금도 앞으로도 영원히 나의 꿈이에요.

앨리가.

나는 편지를 다 읽고서 내려놓는다. 그리고 책상에서 일어나 슬리퍼를 찾는다. 침대 옆에 있어 신으려면 침대에 앉아야만 한다. 그런 다음 일어나 방을 가로질러 문을 연다. 복도를 빼꼼히 내다보니 재니스가 메인 데스크에 앉아 있다. 아무래도 재니스인 것 같다. 앨리의 방으로 가려면 저 데스크를 지나야 하지만 이 시간에는 외출 금지고 재니스는 규칙 위반을 눈감아준 적이 없다. 그녀의 남편이 변호사다.

혹시 재니스가 자리를 비울까 싶어 기다리지만 도통 움직일 기미가 보이지 않는다. 참을성이 바닥난다. 나는 결국 무작정 방을 나와서 발을 질질 끌다 오른발을 슬쩍 디디다 발을 질질 끌며 걷는다. 거리를 좁히는 데 영겁의 세월이 걸리지만 웬일인지 재니스는 내가 다가오는 것을 보지 못한다. 나는 소리 없이 정글을 살금살금 지나는 표범이다. 새끼 비둘기만큼이나 눈에 띄지 않는 존재다.

끝내 발각되지만 놀라지 않는다. 나는 재니스 앞에 선다.

"노아." 재니스가 말한다. "여기서 뭐 하세요?"

"산책하고 있소." 내가 말한다. "잠이 안 와서요."

"이러면 안 되는 거 아시잖아요."

"알지."

하지만 나는 꼼짝도 하지 않는다. 내 결심은 단호하다.

"산책하러 가는 거 아니죠? 부인을 보러 가시는 거잖아요."

"그렇소." 내가 답한다.

"노아, 지난번 밤에 부인을 만나러 갔다가 무슨 일이 벌어졌는지 알잖아요."

"기억하오."

"그럼 이러면 안 된다는 거 아실 텐데요."

나는 뜸을 들이다 말한다. "아내가 그리워요."

"알아요. 하지만 만나게 해드릴 수 없어요."

"오늘이 결혼기념일이에요." 내가 말한다. 사실이다. 내년이 금

✤ 19세기 유럽에서 유래된 결혼 50주년을 기념하는 의식.

혼식*이고 오늘은 마흔아홉 번째 기념일이다.

"그렇군요."

"그러면 가도 되나요?"

재니스가 잠깐 고개를 돌린다. 목소리가 부드럽게 바뀌어서 깜짝 놀란다. 단 한 번도 정에 약한 사람이라고 생각한 적은 없었다.

"노아, 전 여기서 5년을 일했고 이전에 다른 요양원에서도 근무했어요. 수백 명의 부부가 고통과 슬픔에 허덕이는 걸 봐왔지만 당신처럼 행동하는 사람은 처음 봐요. 이곳의 의사, 간호사, 그 누구도 이런 경우는 본 적이 없어요."

재니스가 잠시 말을 멈춘다. 묘하게도 두 눈에 눈물이 글썽이기 시작한다. 손가락으로 눈물을 닦더니 말을 잇는다.

"그러는 노아의 심경이 어떨지, 어떻게 하루도 빠짐없이 계속 그럴 수 있는지 생각하려 애써봤지만 상상조차 못 하겠어요. 어떻게 그렇게 하는지 모르겠어요. 가끔 알츠하이머를 이기기도 하잖아요. 의사들은 이해하지 못하겠지만 우리 간호사들은 알아요. 그건 사랑이에요. 지극히 단순해요. 전 살면서 이렇게 경이로운 일은 처음 봐요."

나는 목이 메어서 할 말을 잃는다.

"그래도 이러는 건 안 돼요. 허락할 수 없어요. 그러니 방으로 돌아가세요." 재니스가 코를 훌쩍이며 다정하게 웃는다. 그러고는 데스크 위의 서류들을 정리하며 말한다. "저는 커피를 마시러 아래층에 내려갈 거예요. 당신이 방으로 잘 돌아갔는지 얼마간 확인하러 오지 못할 테니 바보 같은 짓은 하지 말아요."

재니스는 재빨리 자리에서 일어나 내 팔을 만지더니 계단 쪽으로 걸어간다. 뒤도 안 돌아보고 사라져 갑자기 나 혼자 남겨진다. 이게 무슨 상황인지 모르겠다. 나는 재니스가 앉아 있던 자리를 쳐다보다 문득 커피가 가득 담긴 잔에 아직 김이 모락모락 피어나고 있는 걸 확인한다. 세상에는 좋은 사람이 많다는 사실을 다시 한번 깨닫는다.

앨리의 방으로 힘겹게 걸어가는데 수년 만에 처음으로 몸이 따뜻해진다. 막대 사탕 길이만 한 보폭으로 걷는데도 벌써 다리에 피로가 쌓여 그 속도로 걷는 것조차 위태롭다. 넘어지지 않으려면 벽을 짚을 수밖에 없다. 머리 위로 윙윙거리는 형광등 불빛에 눈이 아파서 살짝 찌푸린다. 어두컴컴한 여남은 방을 지나가는데 이전에 내가 시를 낭송한 적이 있는 곳들이다. 불현듯 방에 있는 사람들이 그립다. 다들 얼굴을 익히 아는 내 친구들이다. 내일이면 그들을 보게 될 것이다. 하지만 오늘 밤은 아니다. 오늘의 여정 때문에 들를 시간이 없다. 걸음에 박차를 가하니 혈액이 처치된 동맥들을 지나 빠르게 돈다. 한 발자국 내디딜 때마다 나 자신이 강해지는 느낌이다. 뒤쪽에서 문이 열리는 소리가 들리지만 발자국 소리가 없어서 계속 걸어간다. 나는 이제 낯선 사람이다. 누구도 나를 멈춰 세울 수 없다. 간호사실에서 전화벨이 울리자 들키지 않기 위해 더욱 힘차게 걷는다. 나는 한밤중에 복면을 쓴 채 말을 타고 잠에 취한 사막 마을을 빠져나가는, 안장주머니에 금가루를 가득 싣고 샛노란 달을 향해 내달리는 무법자다. 마음속에 열정이 넘치는 강인한 젊은이다. 나는 문을 부수고 들어가 두 팔로 앨리를 번쩍 들고선 낙원으로 데려갈 것이다.

상상은 상상일 뿐.

지금 내 삶은 지극히 단순하다. 나는 사랑에 빠진 어리석은 늙은이이자 앨리에게 글을 읽어주고 틈날 때마다 그녀를 안는 것 말고는 바라는 게 없는 몽상가다. 수많은 잘못을 저지른 죄인이자 마법을 믿는 사람이다. 하지만 변하기에도, 그렇다고 신경 쓰기에도 너무 늙었다.

이윽고 앨리의 방에 도착하는데 힘이 하나도 없다. 다리는 후들거리고 눈은 몽롱하고 심장박동은 비정상적이다. 손잡이를 돌리려 씨름한다. 결국 두 손으로 트럭 세 대만큼의 힘을 가하고서야 손잡이가 돌아간다. 문이 열리면서 복도의 불빛이 방 안으로 쏟아져 앨리가 잠든 침대를 비춘다. 앨리를 보는데 내가 바쁜 도심 거리를 지나는, 기억에서 영원히 지워진 행인에 불과하다는 생각이 든다.

앨리의 방은 고요하다. 앨리는 이불을 반쯤 덮고서 누워 있다. 잠시 후 한쪽으로 돌아눕는다. 부스럭거리는 소리를 들으니 행복하던 시절의 기억이 되살아난다. 침대에 누워 있는 몸집이 작아 보인다. 앨리를 바라보며 우리 사이가 끝난 것을 새삼 깨닫는다. 공기는 탁하고 나는 몸을 떤다. 이곳은 우리의 무덤이 되어버렸다.

우리의 결혼기념일인 오늘, 나는 1분가량 꼼짝도 하지 않는다. 앨리에게 내 기분이 어떤지 들려주고픈 마음이 간절하지만 그녀가 깰까 봐 조용히 서 있는다. 베개 아래에 슬쩍 숨겨놓을 쪽지에도 내 마음을 적었다.

얼마 남지 않은 이 다정한 시간,
사랑은 섬세하고 지극히 순수하니
아침 해여 떠올라 세상을 부드럽게 밝히고
변치 않는 사랑을 잠에서 깨우라.

누군가 오는 소리가 들리는 것 같아 앨리의 방으로 들어가서 문을 닫는다. 어둠 속에서 기억을 더듬어 방을 가로질러 창가로 간다. 커튼을 걷으니 밤의 수호신인 커다란 보름달이 내려다본다. 나는 앨리에게로 고개를 돌려 오만가지 몽상에 잠긴다. 그러면 안 되는 걸 알지만 앨리의 침대에 걸터앉아 베개 밑으로 쪽지를 밀어 넣는다. 그런 다음 분처럼 보드라운 앨리의 얼굴을 살포시 만진다. 머리칼을 쓰다듬는데 숨이 멎는 것 같다. 모차르트의 작품을 최초로 발견한 작곡가처럼 놀라움과 경외감이 느껴진다. 앨리가 몸을 뒤척이더니 지그시 실눈을 뜬다. 불현듯 내 어리석음이 후회된다. 앨리가 울면서 소리칠 것을 알기 때문이다. 그게 앨리가 늘 하던 행동이다. 나는 충동적이고 나약한 사람이다. 나도 안다. 하지만 불가능한 일을 시도하고픈 욕구를 이기지 못하고 상체를 앞으로 숙여 앨리의 얼굴에 가까이 다가간다.

앨리의 입술이 내 입술과 만나는 순간, 그녀와 함께한 그 긴 세월 동안 한 번도 느껴보지 못한 이상한 따끔거림이 느껴지지만 물러서지 않는다. 그때 갑자기 기적이 일어난다. 앨리의 입술이 벌어지면서 나는 잊고 있던 낙원을 발견한다. 긴 세월 내내 변치 않은, 하늘의 별처럼 영원한 낙원을. 나는 앨리의 온기를 느낀다. 우리의 혀가 만나고, 아주 오래전 그랬던 것처럼 나는 스르륵 사라진다. 눈을 감고서 휘몰아치는 바다에 떠 있는 튼튼하고 대담무쌍하며 거대한 함선이 된다. 앨리는 나의 돛이다. 그녀의 턱선을 부드럽게 쓰다듬다가 손을 잡는다. 입술과 두 볼에 키스하고, 숨을 들이쉬는 소리를 듣는다. 앨리가 나직이 중얼거린다. "오, 노아… 보고 싶었어요." 또 한 번의 기적, 아니 최고의 기적이 일어난다! 앨리와 함께 천국으로 미끄러져 들어가는데 눈물이 끝없이 흐른다. 앨리의 손가락이 내 셔츠에 닿는 느낌이 드는 순간 세상이 경이로움으로 가득 찬다. 앨리가 천천히, 아주 천천히, 단추를 하나씩 풀기 시작한다.

감사의 말

이 이야기는 특별한 두 사람 덕분에 탄생했다. 그들이 베푼 모든 수고에 감사드린다.

테레사 파크, 나를 무명의 어둠 속에서 끄집어내준 에이전트. 당신의 친절과 인내심에, 그리고 나와 함께 오랜 시간 일해준 것에 감사하다. 그 모든 노고에 영원히 고마워할 것이다.

제이미 라브, 내 편집자. 당신의 지혜, 유머, 따뜻한 천성에 고마움을 표한다. 당신 덕분에 이 여정은 훌륭한 경험이 되었다. 당신을 내 친구라 부를 수 있어 기쁘다.

노트북

초판 1쇄 발행 2024년 5월 8일
초판 6쇄 발행 2025년 1월 10일

지은이 니컬러스 스파크스
옮긴이 박설영

책임편집 오윤나
디자인 어나더페이퍼
책임마케팅 최혜령, 박지수, 도우리
마케팅 콘텐츠 IP 사업본부
경영지원 백선희, 권영환, 이기경
제작 제이오

펴낸이 서현동
펴낸곳 ㈜오팬하우스
출판등록 2024년 5월 16일 제2024-000141호
주소 서울특별시 강남구 테헤란로 419, 11층(삼성동, 강남파이낸스플라자)
이메일 info@ofh.co.kr

ⓒ 니컬러스 스파크스

ISBN 979-11-93358-82-5 (03840)

모모는 ㈜오팬하우스의 출판브랜드입니다.